王様に告白したら求婚されました

砂床あい

Splush文庫

JN192178

contents

【Ｉ】

窓の下には、白い雲が一面に広がっていた。

フライトは順調で、あと数時間もすれば目的の地にたどり着けるだろう。ゆったりとしたファーストクラスのシートに凭《もた》れ、遠野鷹臣《とおのたかおみ》はテーブルの上に乗せた高精細のモバイルＰＣ《パソコン》に長い指を滑らせる。

世界トップレベルの腕を持つ脳神経外科医のその指先が、『奇跡の指先』と呼ばれるようになってどれだけの月日が経《た》つだろう。

研修医時代を国内最高学府の脳神経外科医局で過ごし、留学先の米国でさらに研鑽《けんさん》を積んだ鷹臣はいま、『神の手を持つ』医者として世界に名を轟《とどろ》かせる。

だが、画面を見つめる鷹臣の顔色はいささか優《すぐ》れなかった。

「なるほど……こりゃ位置が悪いな」

短く整えられた黒髪に、すっと通った鼻梁《びりょう》、やや肉厚の形のよい唇。すらりとした長身と鍛《きた》えられた体躯《たいく》は、長距離の移動をものともせずに、休みなくメスを握り続ける体力を備えている。だが、その甘いマスクに浮かぶ表情はひどく険しい。

(神経に傷をつけずに、病巣を取り除く……か。至難の業《わざ》だ)

画面に映し出されたＭＲＩ画像に目を凝《こ》らし、鷹臣は髭《ひげ》の生えた顎《あご》を撫《な》でる。

元より体毛が濃いほうではないため、中途半端な長さだが、これでも向かう国の風習に合わせ、頑張って生やしてきたのだ。

『前国王の遺児であるサラーヤ王女が脳腫瘍《のうしゅよう》におかされ生命の危機にある。どうか、手術をして欲しい』——コーディネーターを介し、中東にあるオズマーン王国の現国王から招聘《しょうへい》を受けたのは先々週の話だった。

サラーヤ王女は前国王の遺児であり、現国王は王女の叔父に相当する。若くして亡くなった兄の娘であるサラーヤと、その双子の弟・ナーセルを、現国王は、目の中に入れても痛くないほど可愛《かわい》がっているらしい。

王女の脳にできた腫瘍は、すでに脳幹から視床下部《ししょうかぶ》付近にまで広がっている。完全摘出手術が難しいだけでなく、すぐ近くには左右の視神経が合わさる視神経交叉《こうさ》があり、たとえ命が助かっても視覚障害が残る可能性が非常に高い。

絶対君主制であるオズマーン王国において国王は神の化身とも呼ばれる絶対者だ。その親族である王女が患者となれば、たとえどのような名医であろうとも、ミスを畏《おそ》れて手術などできないだろう。

事実、国王の代理人としてメールを送ってきたターヒル・スライウィールも、元々はオズマーン王国の宮廷侍医だが、手術に踏み切る勇気はなかったらしい。

（……資格審査も研修も試験もなしに、王サマが特例で医師免許をくれるわけだ……）

医師免許は、国や州ごとに取得する必要がある。

だから通常、鷹臣に執刀を望む患者には、米国もしくは日本の、執刀可能な設備のある病院に入院し、手術の順番を待ってもらっている。だが、いまの王女の状態では、面倒な手続きを取っている間に手遅れになってしまいかねない。

他のだれでもなく、自分がメスを取ることで命を救える可能性があるのなら――どこであろうとも、鞄《かばん》ひとつで飛んでいく気概《きがい》はある。

鷹臣は快諾《かいだく》し、休暇を返上して飛行機に飛び乗ったのだった。

「いま、十五歳か……こんな可愛い女の子が、若い身空で目が見えなくなるのは可哀相《かわいそう》だよな」

ＭＲＩ画像とは別に添付されていた二枚の写真を開き、鷹臣は嘆息する。

一枚目は病気が発覚する以前の写真だろう。少女が金の鬣《たてがみ》を持つ馬の首を撫でている。服の袖やスカーフの隙間から見える肌は浅黒く日に焼け、健康そうな笑顔が眩《まぶ》しい。

そしてもう一枚は、王女がまだ幼いころに撮ったと思われる王家の家族写真だった。

「全員、美男美女だな……」

双子の王子と王女に囲まれ、中央に座っている軍服の男性が前国王であるイーサらしい。その傍《かたわ》らに寄り添う、黒いストールで顔を隠した女性がその妃のようだ。

政教一致を国是《こくぜ》とするオズマーン王国は、法や規律がすべて国教の教典に基づいている。女性は黒いベールで顔や肌を隠し、男性は白い長衣を纏《まと》い、髭を生やすのが好ましい。

イーサは慣例に従って髭を蓄《たくわ》えているものの、その背後に控え目に立っている、ひょろっとした少年はまだ中性的な雰囲気を保っている。

うっすら色づいた肌にエメラルドの瞳を持つその少年こそ、イーサの弟であり、現国王でもあるイスハーク・ビン・アブダッラー・ビン・ムハンマド・アール・ハリーファだった。

「イスハーク国王陛下、ねぇ」

長ったらしい名前が示すとおり、「砂漠の豹《ひょう》」と呼ばれた始祖ムハンマド王の直系であり、先々代国王アブダッラーを父親に持つ、現ハリーファ家の当主である。オイル・ダラーで築き上げた巨富を元に国を整え、近隣国家の宗主や首相などと姻戚関係を持つという華麗なる一族だ。

ただ、だれもが羨《うらや》む一族のその栄華の軌跡《きせき》は、同時に悲劇の歴史でもある。

ターヒルのメールの最後には、この写真が撮られたわずか三年後、前国王夫妻は原因不明の病でこの世を去った旨《むね》が記されていた。

「国王が独身なんて珍しいな……二十歳そこそこで即位したにしても、許嫁《いいなずけ》くらいいそうなもんなのに」

さすが血を分けた兄弟と言うべきか、ふたりとも面差しはどことなく似通っている。だが雰囲気はまるで違う。高い鼻梁にくっきりとした二重の目を持つエキゾチックな美形の兄と比べ、弟のほうは全体的に色素が薄く、身体的な特徴も欧米人に近い。

「……ま、俺の好みからは外れるけど」

親しい間柄《あいだがら》の相手にはゲイであることを隠していない鷹臣だが、どうやらオズマーン王国の国教の教義では同性愛が禁じられているらしい。コーディネーターからは、「死刑になりたくなかったら、現地の風習や宗教的戒律は守るように」と念を押された。

（ゲイだからって、男ならだれでもいいわけじゃないんだがな……）

PCを閉じ、鷹臣は豪快に欠伸《あくび》をしながらフルフラットにチェアを倒した。完全プライベートが確保された空間で、数秒後には健やかな寝息を立て始める。

全国各地の病院を飛び回り、年の半分は海外でメスを取る。そんな鷹臣に、休暇など無いに等しい。

齢《よわい》三十を越えてますます男ぶりが上がったと、馴染《なじ》みの看護師たちからは褒めそやされるが、その割に恋人とは長続きしたことがない。というのも、過去に付き合った恋人たちは、みな、長期間、連絡が取れないことが多い鷹臣に愛想を尽かし、去っていったからだ。

待っているのに疲れた、なんて使い古されたフレーズだが、インターネットを駆使《くし》しても、実際に会えない時間が長引けば、気持ちが続かなくなることもあるだろう。

鷹臣に、それを責める権利はない。

ただ、今回に限っては、国王の要望もあり、王女の容態が落ち着くまで滞在する予定だった。ひとつところに一ヶ月以上も滞在するなんて、それこそ何年ぶりだろう。手術が終われば空いた時間は休暇《バカンス》でも、若手医師の指導時間に当ててもいい。

緊急手術の依頼でも入らない限り、少しはゆっくりできるだろう。

オズマーンの首都は南北に伸びる国土の北側に位置する。国としてそれほど大きいわけでもなく、人口も日本より少ない。海と山脈と砂漠とに囲まれた、まさに谷間のような土地だ。その美しいアラビア海を背にした空港で鷹臣を待っていたのは、王宮から派遣されてきたという案内人ムラトと軍の護衛部隊だった。

「ようこそお越しくださいました、ミスター・トオノ」

「お世話になります」

オズマーン王国の公用語はアラビア語と聞いていたが、ビジネスや観光で訪れる外国人の数も多く、英語もかなり通じるらしい。荷物などは従者に任せ、鷹臣は迎えのリムジンに乗り込んだ。

「先程は大変、失礼いたしました。本来なら、政府専用機でお越しいただくところでしたのに」

公用車で宮殿に向かう道すがら、オズマーンの伝統的な衣装に身を包んだムラトは英語で丁寧に謝罪した。

「いえ、そんなことをされたら、かえって落ち着きませんよ」

王本人でないにしろ、王族や側近などの幹部が出迎えるとなると大規模な同行団が編成される。大袈裟《おおげさ》なことにはしたくないと、あらかじめ最小限の出迎えでと重ねて要請してあったのだ。しかし、だがムラトもまさか一般人に混じってゲートから出てくるとは思ってもみなかったらしい。

「しかも、要人扱《あつか》いされないための変装までなさっておられるとは用心深い」

「え？　いや、これはそういうわけじゃ」

服装に無頓着《むとんちゃく》なのは自覚している。たしかにTシャツに皺《しわ》のついた麻のジャケットと摩《す》り切れたデニムといういまの身なりでは、高名な医者どころか、その辺を旅するバックパッカーにしか見えないだろう。だが決して変装というわけではなく、単純に移動が多く、目的地ではすぐに術衣に着替える生活では、楽な恰好《かっこう》が一番というだけだ。

「いえいえ、わかっておりますとも。ここだけの話、いまは中東全体がざわついておりますからね。お恥ずかしながら、我が国の国境周辺でも毎日のように争いが絶えません」

「〝自己責任〟で参りましたからお気になさらず」

ひとりで納得するムラトに苦笑しつつ、鷹臣は窓の外に視線を投げた。

乾き切った砂漠に囲まれながらも、国土の一部はインド洋に面し、アフリカ地域からもたらされる毛皮や香辛料などの交易が盛んなオズマーン王国は、天然ガスや石油が豊富に湧出《ゆうしゅつ》することもあって非常に豊かだ。

空港がある湾岸線にはビル群が立ち並び、その先にある市街地は古い街並みを残しながらも近代化が進んでいる。

インフラが整備された市中には、西洋風のレストランや外資系の薬局などもあり、市井《しせい》の人々でかなりの賑《にぎ》わいを見せていた。

「オズマーンには西洋文化がかなり流入しているようですね」

「ええ、物質面に関しては……。といいますのもイスハーク陛下の御母君、マリアム様が英国のご出身でして」

「というと、先々代の国王……故アブダッラー陛下の奥様ですか」

「その通りでございます。前々国王陛下が皇太子時代に留学先でお見初《みそ》めになり、花嫁として我が国へお連れになりました」

ムラトの話によれば、イーサとイスハークの母マリアムは、金髪碧眼《へきがん》の白人女性だったらしい。

留学当時、皇太子だったアブダッラーと留学先のキャンパスで出会い、ふたりは恋に落ちた。

「西洋との橋渡しになって欲しい」――アブダッラーはそう言ってマリアムに求婚し、最終的にすべてを押し切る形で学生結婚したのだという。

四人まで娶《めと》れるうちの第一夫人は、貴族や親類の娘から選ぶのが伝統だったオズマーンの王子にとって、革新的と言わざるを得ない。

もちろん、周囲の反対は相当のものだったようだが、アブダッラーは古い慣習を破り、生涯、マリアム一人を妻として愛し抜いた。

イーサとイスハークというふたりの王子にも恵まれ、幸せな結婚生活だったようだ。

だが、アブダッラーが国王の座について数年後に悲劇が起きる。外交のため、空港に向かう途中、国王夫妻が乗る車が事故を起こしたのだ。

　原因は、乗っていた車のブレーキが故障したことによる衝突事故――ふたりとも、即死だった。

「それは無念でしたね。国民もさぞかし悲しんだことでしょう。しかも、後を継いだ次の国王も短命とは」

「……そのことですが」

　車内であるにも拘《かかわ》らず、ムラトは周囲を見回すような仕草《しぐさ》をし、「ここだけの話ですが」と声を低めた。

「……実は、事故に見せかけて暗殺されたのだという説が有力なのです」

「ちょっと待ってください、なぜそんな」

　いきなり、きな臭い話になってきた。

　仮にも外国から招かれた客人にこのような立ち入った話をして良いのだろうかと不安になったが、ムラトは声を潜《ひそ》めながらも話し続ける。

「王室に入られてから、マリアム様は我が国の一部に残る児童婚の風習や、一夫多妻制の廃止などに向けて尽力されました。アブダッラー陛下も欧米文化をオズマーンに積極的に取り入れられ、ふたりのお子様がたはお父君に倣《なら》ってヨーロッパ圏へ留学されています。ですが、それをよく思わない層もおりまして……」

　女性の権利の向上や風習の西洋化を、国内の保守派の人間たちは歓迎しなかったらしい。

　風土病の存在しないオズマーン王国で、アブダッラーの後を継いだ年若い長男夫妻までが相次いで病死というのも、考えてみれば不自然な話だ。

(毒殺だろうな……おそらく)

王家といえども、いや、王家だからこそ、暗殺など珍しくないのかもしれない。

国のトップが頻繁《ひんぱん》に交代するため政情が安定せず、過去には国家が分断された時期もあったりなど、紛争が絶えないようだ。交易や化石燃料で潤っているように見えても、実際には貧富の差が激しく、都市部を出れば男尊女卑の観念がいまも根強く残っているという。そんな母国の実体を、ムラトはもどかしく感じているようだ。

「ああ、ご覧ください、ミスター」

ちょうど小高い丘の上にさしかかり、ムラトが咳払《せきばら》いして窓の外を指さした。

「あちらが国王陛下のお住まいでもある、アルーシャル宮殿でございます」

つられて視線を向けた鷹臣は、その桁《けた》違いな規模に息を呑《の》んだ。

(ばかでかいとは聞いていたが……)

敷地の広さは、ひとつの町ほどもあるだろうか。

青い海と空を背景に、美しい森のような庭園や、半円形のドーム屋根を備えた大小の建造物が、複雑な幾何学《きかがく》模様を形作っている。その中心部には、巨大な城塞《じょうさい》といっても過言ではないほどの一際目立つ白亜《はくあ》の宮殿が聳《そび》えていた。

「敷地内には宝物庫や厩舎《きゅうしゃ》、図書館に王立病院、寺院から後宮《ハレム》まで、あらゆるものを備えております。ここは国王の住居というだけでなく、外交のための巨大な城塞でもあるのです」

やがてリムジンはふたつの尖塔《せんとう》に挟まれた城の門をくぐり、左右によく手入れされた庭園を見ながら、いよいよ国王の待つ宮殿へと入っていく。

「早速ですが、陛下がお会いになられます。その前に、こちらでお支度を」

車から降り立つと、すぐさま王宮の召使いたちに取り囲まれた。

いきなりで面食らったが、たしかにいまの服装で国王の前に出るのは失礼だろう。

ムラトとはそこで別れ、鷹臣は素直に浴場まで連行された。まずは砂埃《すなぼこり》や汗を流せということらしい。言われるままに大昔のローマ風呂を思わせる広い浴場で湯浴《ゆあ》みをし、出ればすぐにドレスルームで着替えが待っていた。

「トオノ様、こちらをどうぞ」

案内役を兼ねた通訳の者が恭《うやうや》しく奥へといざなう。

一応、自分でも正装一式を持ってきてはいたものの、用意されていたオーダースーツは比べものにならないほどの高級品で、しかもサイズがぴったりだった。着物の着付けをされるように服を着せられながら、自分自身すらろくに知らない服のサイズをどうやって調べたのかと首を捻《ひね》る。

「こちらは頭に」

最後に差し出されたのは、クーフィーヤと呼ばれる大きな頭巾《ずきん》と、それを上から押さえるための二重の輪《イカール》だった。鷹臣は鏡の前で尻込みする。

「それ、どうしても被らなきゃだめかな？」

「はい、国教の教典にもある決まり事です」

本音を言えば、将来、禿《は》げそうな血筋だから、家の中では頭になにも被りたくない。無菌室と手術室だけは仕方がないが、それ以外は勘弁して欲しい。だが生活密着型の宗教の中で生きている国の民に、そんな主張は通用しない。

（……郷《ごう》に入《い》っては郷に従え、だ）

鷹臣は三角に折ったその布を頭に被り、上から黒いイカールで押さえた。洋装でも、クーフィーヤとイカールさえあれば立派にアラビア風に見えるから不思議なものだ。

とにもかくにも、これでようやく王に会うお支度が整ったらしい。

「これから、謁見《えっけん》の館にお連れいたします」

迎えに来た侍従に連れられ、宮殿内にある、王と謁見するための館に向かう。

丘の上からちらりと俯瞰《ふかん》して見たものの、実際に中を歩いてみると、アルーシャル宮殿の巨大な規模や絢爛《けんらん》さを改めて実感した。

回廊のアーチには美しいアラベスクやカリグラフィーが施され、アラビア建築の意匠《いしょう》を凝らした荘厳《そうごん》な内装にいちいち圧倒される。これらを作り上げるのに、当代の匠《たくみ》たちはいったいどれほどの才知《さいち》と労力をかけたのだろう。そこかしこにある家具や調度品にも繊細な細工がなされ、複雑な紋様の描かれた天井からは豪華なシャンデリアが下がっていた。

「こちらのお部屋でございます」

観音開きの荘厳な扉の前で、先導の従者が足を止める。

――さて、写真に写っていたあの青年は、どんな王様になっているだろうか。

ゆっくりと開かれた扉の向こうには大広間があり、王侯貴族や高位高官と思《おぼ》しき者たちがずらりと立ち並んでいる。たかが医者ひとりを迎えるのに、大仰《おおぎょう》な光景だ。彼らの好奇の視線を浴びつつ、鷹臣は最奥《さいおう》にある高台の踏段の前まで進み出る。

「あなたが噂《うわさ》の……タカオミ、トオノですね」

(――おや……)

頭上から降ってきた流暢《りゅうちょう》な英語に拍子抜けする。

イギリスへの留学経験があるとは聞いていたが、それにしても美しい発音だ。母親が英国人だった影響もあるのだろう。念のため、アラビア語の特訓を受けてきたけれど、披露する機会はあまりなさそうだ。

「はい。お目にかかれて光栄でございます、陛下」

「顔を上げてください」

高い天井のせいもあるのだろうが、よく通る落ち着いた声だった。

恭しく下げていた頭を上げる。側近に脇を固められ、玉座に座る人物の顔は逆光でよく見えない。けれども彼の頭上で黄金色に輝くイカールが、オズマーン王国では神にも等しく崇《あが》められる男――イスハーク・ビン・アブダッラー・ビン・ムハンマド・アール・ハリーファ本人であることを示している。

「遠いところを、よく来てくれました」

背後のステンドグラスから差し込む光を纏い、イスハークが立ち上がった。

「陛下！」

側近の制止を無視し、イスハークはゆっくりと踏段を降りてくる。

その姿が次第にはっきりと輪郭《りんかく》を結ぶにつれ、鷹臣の目もまた大きく見開かれていく。

（……これは……）

うすく色づいた肌に、彫りが深く鼻筋の通った端整な面差し。煌《きら》めく大きな瞳は光の当たる角度によってはグリーンにもパープルにも見える。あの写真では緑色に写っていたが、まるで礼拝堂のヴィトレイルのようだ。襟《えり》付きの純白の長衣《カンドゥーラ》と、同じく白地に金糸の刺繍《ししゅう》が施された長いロングガウンが長身痩躯《そうく》によく似合う。

気づくと、イスハークは鷹臣のすぐ目の前に立っていた。圧倒される鷹臣の右手を取り、透き通った目でまっすぐに見つめる。

「貴方《あなた》を、待っていました」

「…………っ」

答えようとしたが、声が出ない。

ただ、自分の心臓の音だけがやたらと大きく聞こえてくる。

これがあの、兄の陰に隠れるようにして写真に収まっていた、頼りなげでひょろりとした青

年だろうか？

「どうか、我が姪《めい》、サラーヤを助けてください」

白いクーフィーヤからゆるく波打つ白銀色の髪が一筋零《こぼ》れる。

思いがけない王の行動に、広間にはざわめきが広がった。

無理もない。一国の王が、一介の医師に膝を折ったのだ。

（……この方が、国王陛下……）

絶対君主制という言葉のイメージも相俟《あいま》って、勝手に傲慢《ごうまん》な人物像を思い描いたりもしていたが、とんでもない。親しみを込めて握られた手は温かく、言葉のひとつひとつから労《ねぎら》いと気遣いが伝わってくる。

「——もったいないお言葉……」

ようやく、声を発したときだった。

「陛下！　危のうございます！」

突如、駆け寄ってきた側近の男性に腕を摑まれ、力任せに引き剝《は》がされる。大柄な体躯にオズマーンの民族衣装を纏い、褐色の肌と立派な黒髭を蓄えた男だ。咄嗟《とっさ》に利き手である右腕を庇《かば》い、鷹臣は身を引いた。

「なにを……」

「どこの馬の骨ともわからぬ異邦人が、陛下の御肌に触れるなど無礼千万《ぶれいせんばん》。陛下の玉体を穢《けが》すことは何人たりとも許されぬ」

怒りにぎらつく黒い瞳で睨《にら》みつけられ、唖然《あぜん》とする。王の傍《そば》近く控えていたところを見ると、それなりの高官であることは間違いないが、なかなか好戦的で猛々《たけだけ》しい。いったい何者なのだろう。

「なにを言うのです、アブドルラハマーン。私から彼の手を取ったことは、ここにいるみなも見ていたはず。客人に失礼ではありませんか」

イスハークが口を挟んだが、アブドルラハマーンと呼ばれた男性はまったく動じる様子がない。

「恐れながら、唯一絶対の王である陛下の身に、なにかあってからでは遅いのです。医者など国内にいくらでもおりますのに、なぜこのような素性もわからぬ外国人を招聘されたのか。むやみに親しくなさいますな」

「宮廷侍医がDr．トオノでなくては治せないと進言したのは知っているでしょう。トオノは招請《しょうせい》を受け入れ、日本から王女の命を救いに来てくれたのではありませんか」

「たとえそうであっても！　神の化身とも称される国王の御身をお守りするのが、この国の宰《さい》相《しょう》であり、国王親衛隊の最高指揮官である私の役目にございます！」

内容は時代錯誤も甚《はなは》だしいが、どうやらアブドルラハマーンは文武ともにこの国のナンバー2の地位にあるらしい。それにしても偏見を隠そうともしない威圧的な態度で、国王の取りなしにさえ耳を貸さないのはいかがなものか。

（……でも、ま、仕方ないか……）

最初こそムッとしたが、ここはオズマーン王国だ。

彼らにとって自分が外国人であるのと同様、自分にとってもこの地は異国であり、平和な日本とは常識も価値観もなにもかも違う。

それに、イスハークの両親のみならず、兄夫妻までが在位中に暗殺されている事実を思えば、側近がぴりぴりするのもある意味、致し方ないのかもしれない。

気を取り直し、鷹臣はおとなしく引き下がった。

「陛下、どうかお気になさらないでください。貴国のご事情は存じておりますし、御身を案じる臣下の方の気持ちもわかります。ただ、手術に障《さわ》るので、私の利き腕を損なうような乱暴はどうかやめていただきたい。よろしいですね、アブラ・ダラーンさん」

アブドルラハマーンのこめかみにぴきっと青筋が浮き上がる。

「アブドルラハマーン、です」

「失礼、アブラカタブラーさん」

「アブドルラハマーンです。敬称は結構」

三国志の関羽《かんう》みたいななりをして、意外と細かいところもあるようだ。気持ちに余裕が出てくると、相手がカッカしているのが逆に面白くなってきてしまう。

こめかみの血管が切れないうちに謝っておくかと思ったとき、イスハークがクスクス笑い出した。アブドルラハマーンが真っ赤な顔で文句を言う。

「笑い事ではありません、陛下！　名は神に与えられたもの。それを間違えるなど無礼千万！」

「名前など、いいではありませんか、アブドルラハマーン。どんな名で呼ばれようと貴方が私の乳兄弟で、信頼の置ける近臣だという事実は変わりません」

「陛下……」

途端《とたん》にアブドルラハマーンが感激したように目を輝かせる。妙に国王に対して過保護だと思ったら、乳兄弟でもあったようだ。

近衛隊長だか親衛隊長だか忘れたが、少なくともこの国で王に進言できる立場ということは、それだけ信頼を勝ち得ているということでもある。

短気で頭がかたいだけの男でもなさそうだ。

「トオノ、どうか気を悪くしないでくださいね」

「もちろんです、陛下」

これが国王の人心掌握《しょうあく》術かと舌を巻いたが、目の前にいるイスハークは謙虚《けんきょ》で気どったところがない。柔《やわ》らかな微笑からは寛容な人柄が透けて見え、身分を越えて親しみさえ感じさせる。

持って生まれた気質なのか、それとも兄の死によって覚醒《かくせい》したのかはわからないが、いずれにせよアブドルラハマーンだけでなく、民や王宮の者たちからもきっと慕《した》われているのだろう。

「日本のお話など、もっとお聞きしたいこともありますが、長旅でお疲れでしょう。宮殿内に部屋を用意させせています。案内させせましょう」

「ありがとう存じます」

「明朝、ターヒルに王女のところまでお連れするように言ってあります。今日はどうかゆっくり休んでください」

メールのやりとりはしたが、まだ実際にターヒルと顔を合わせたことはない。王宮や王立病院の勝手がわからない中、イスハークの行き届いた気遣いに感謝する。

「お気遣い、感謝いたします」

大勢の人間に見送られながら、国王の御前《ごぜん》を辞する。部屋まで案内するという従者のあとをついて歩きながら、鷹臣はわずかに口端を上げた。

(悪くないな……)

最初は王侯貴族の前で見世物にされるのかと思ったが、なんのことはない。これは宮殿内における鷹臣の立場を知らしめる茶番のようなものだ。

治療を進めていく上で、患者の家族との信頼関係は非常に重要なファクターとなる。いい関係が、築けそうだった。


滞在中の私室として用意されていたのは、王宮内にある豪華な客室だった。

贅《ぜい》を尽くしたアラビアンスタイルのスイートルームで、半円形のテラスからは遠くの海や街までが一望できる。調度品はすべてアラブのアンティーク品で揃えられ、全体的にオリエンタルなムードを醸《かも》しつつも落ち着いた雰囲気だ。ダイニングには簡易キッチンやバーカウンターがついており、所望《しょもう》すればいつでも小間使いが飲食物を用意してくれる。

（まさに、至れり尽くせりってやつ……）

たまに寝に帰るだけの物置と化しているけれども、日本で借りている２ＬＤＫのアパートの一室が急に恋しくなる。

なんだか落ち着かないでいるところへ、ひとりの青年がやってきた。

「アリ・ダードと申します。アブドルラハマーン様のご推薦をいただき、今日から身の回りのお世話をさせていただくことになりました。なんなりとお申し付けください」

王宮内では、男女の居住区がはっきりと分けられ、みだりに接触することを禁じられている。使用人ですら例外はなく、海外からの客人であっても世話役に侍女をつけることはしないらしい。西洋文化が流入しているとはいっても、市中と宮殿内では慣例や意識にずれがあるようだ。

「遠野鷹臣だ。よろしく頼むよ」

「アリとお呼びください。お疲れでしょう。早速ですが、お飲み物などいかがですか？」

年の頃は十五、六歳くらいだろうか。まだ髭も生えないつるりとした肌は健康的な褐色だ。緊張の面持ちで訊《たず》ねる顔には、あどけなささえ感じられる。

「では、コーヒーを頼む」

「かしこまりました。夕食までまだ少し時間がございます。どうぞ、おくつろぎください」

きちんと教育を受けているのだろう、アリもまた感じよく流暢な英語を話した。

「ありがとう」

ソファに腰を下ろすと、自分でも気づかなかった旅の疲れがどっと押し寄せてくる。

たしか空港に着いたのは現地時間でおよそ正午過ぎだったが、すでに夕刻も近い。柔らかな背凭れに身体を預け、鷹臣は軽く目蓋《まぶた》を閉じた。

テラスの窓から乾いた風が吹き込んでくる。少しざらついて感じるのは砂漠から運ばれてくる砂を含んでいるせいだろうか。

(美人、だったな……)

明日のことを考えようとしたはずなのに、気づくと、先程会ったばかりのイスハークのことを考えていた。

出会った瞬間のあの衝撃は、とても言葉では言い表せない。いまも思い出すだけで胸の辺りが妙にそわそわする。あたかも蝶《ちょう》がさなぎを脱ぎ捨て羽化《うか》するように、あの写真からたった数年で、イスハークは思いも寄らぬ成長を遂《と》げていた。

「トオノ様は、日本のエライお医者様なんですよね」

お茶の支度をしながらアリに話しかけられ、我に返る。

「いや、偉くはないよ。ただ、ちょっと手先が器用なだけで……」

「国王陛下がお願いして来てもらったと聞きました。トオノ様がいらしたんだから王女《アミーラ》の命はきっと助かるって、みんな言ってます」

憧《あこが》れと尊敬の籠《こ》もった眼差《まなざ》しに嘘偽りはない。

当然ながら、自分が手術をすれば百パーセント助かるというわけではない。年間何百と手術をこなしているが、そのうちの何例かは患者の死という結果に終わる。しかし、彼にそれを説明したところで不安を煽るだけだろう。

鷹臣は苦笑し、話を逸《そ》らした。

「アリ、きみこそ、国王の親衛隊長どのから推薦がもらえるってことは、かなり優秀な子なんだろ？　俺みたいなむさ苦しい男の世話なんてさせて悪いな」

「いえ、とんでもないです。すごく光栄なことですし、精一杯頑張ります……あの、支度が整いましたので、よかったらどうぞ」

「お、ありがとう」

テーブルに並べられたのは濃い色のコーヒーと、なぜか三段重ねのケーキスタンドだった。フィンガーサンドイッチやスコーン、プディングや果物のババロアなどが彩《いろど》りよく盛られている。

「せっかくですので、オズマーンの伝統的な淹《い》れ方をしてみました。お口に合えばいいのですが」

どうやらこの国のコーヒーは、挽《ひ》き立てのコーヒー粉末を水に入れて煮立て、その上澄みを飲むものらしい。飲み方をアリに教わりながら、香り高いコーヒーを口に運ぶ。

「いただきます」

普段から食にこだわりもなく、ここ最近はほぼ病院の自販機か、医局で何時間も温められた番茶色のコーヒーしか飲んだ記憶がない。そんな味音痴《あじおんち》な鷹臣ですら感動するほどの味わいに「おいしい」と感嘆すると、アリはホッとしたように破顔《はがん》した。

「よろしければ、お菓子もいかがですか。日本ではサンジノオヤツというものがあると聞きました」

日本の知識を中途半端に仕入れたようだ。機内食のお陰でそれほど空腹ではなかったが、断るとがっかりさせそうなので、ひとつだけ選んでもらうことにした。

「夕食前だし、アリのおすすめを一個だけいただこうかな」

「では、バクラヴァを。名産品なんです」

アリが取り分けてくれたのはシロップがたっぷりかかった焼き菓子だった。フォークを入れるとこれまた蜜で煮詰めたナッツをパイのような生地でくるんである。舌に染みるほど甘かったが、疲れた身体にはちょうどいい。

「オズマーン人は甘党だと聞いたけど……アリもよく食べるのかい」

「はい、チャイと一緒に。僕の家のコック長はトルコ出身なので味も最高ですよ」

「……ん？　コックじゃなくて、コック長？」

バクラヴァを喉に詰まらせそうになる。

詳しく聞いてみると、アリは貴族の子息らしい。母親は第四夫人だという。

オズマーン王国では妻を四人まで持つことができる。とはいえ、実際は扶養できる経済力がある層に限ってのことだ。

（おいおい……）

つまり、小間使いとはいっても、身分を持たない外国人の自分より、よほど高貴な生まれだということだ。身元が確かという理由で選ばれたようだったが、まさか自分が貴族の子息に傅《かしず》かれるようになろうとは。もしかしなくともこれは破格《はかく》の扱いではなかろうか。

「アリ、つかぬことを聞くけど、俺のことはいったいどう聞かされてる……？」

コーヒーで口の中のものを胃袋に流し込み、恐る恐るアリに訊ねる。

「国王陛下の大切なお客様だから失礼のないように、国賓《こくひん》のつもりでお仕《つか》えせよ……と」

「…………」

公式に訪れた国のトップやＶＩＰに対してならまだわかる。だが鷹臣は王女の手術のために招聘された、ただの医者だ。実家は東京の下町にある和菓子店で、家業はすでに歳の離れた兄が継いでいる。飴細工《あめざいく》の老舗《しにせ》としてそれなりに繁盛しているようだが、鷹臣自身は滅多《めった》に帰ることはない。

（……王の客人であることには違いないけど……国賓て）

ホテルや迎賓館《げいひんかん》でなく、王と同じ屋根の下に部屋を与えられた時点で気づくべきだった。どうりで見世物のように貴族たちが集められていたはずだ。エライお医者様、などとアリが勘違いするのも無理はない。

ここまで礼を尽くしてもらって、万が一にも王女が助からなかったらどうなるだろう？

（……もう日本に帰れないかも知れない）

黙り込む鷹臣に、なにを勘違いしたのか、アリがおずおずと訊ねる。

「あの……僕のこと、お気に召しませんか」

「いや、そういうわけじゃ」

鷹臣は慌《あわ》てて否定したが、アリはすでに涙目だ。

「貴族と言っても、うちは王家と親戚というわけじゃないですし、母は第四夫人で……十二人いる優秀な兄たちに比べて僕はなんの取り柄もありません。だから、このお役目をいただいて、やっと家の役に立てると思って嬉しかったんです……」

アリにも事情があるらしい。たしかに妻が四人もいれば、子もたくさんできるだろう。そのうちの十三番目ともなれば、家では微妙な立場なのかも知れない。

「悪い、そうじゃないんだ。ちょっと、カルチャーショックを受けただけで」

「では、僕にお世話させてもらえるんですか？」

アリの顔がパッと明るくなる。

鷹臣はホッとして大きく頷《うなず》いた。

「短い間だけど、よろしくな」


発病以来、サラーヤの治療はターヒル率いる医療チームが主体となって進めてきたという。手術以外のあらゆる手を尽くしたが、病状は悪化の一途《いっと》をたどったらしい。

翌日、部屋で朝食をすませた鷹臣はターヒルに連れられて王女の病室へと向かった。

「お会いできて嬉しいです。まさか、オズマーンでＤｒ．トオノの手術を間近で見られるとは、思ってもみませんでしたよ」

滑らかな絨毯《じゅうたん》が敷き詰められた廊下を歩きながらターヒルが微笑む。

ターヒルは髭に白いものが交じる五十絡みの男性医師で、外科を専門としている。若いころドイツの大学で医学を学んだという彼は数ヶ国語を操るマルチリンガルで、日本語も堪能《たんのう》だ。

「いえ、こちらこそ、オズマーンで日本語を聞けるとは思いませんでした。海外を飛び回る生活には慣れてますが、やはり母国語はホッとしますよ」

「そうでしょうな。しかし、意外に思われるかも知れませんが、文化やビジネスの点においても、我が国にとって日本はとても身近な国です。医療機器だけでなく、衣服の布地にしたって高級品はほぼ日本のメーカー品ですからね」

「それは光栄です」

ターヒルは温厚で人なつこく、初対面とは思えないほど友好的だった。外国人で、かなり年下である鷹臣に対しても、礼儀をもって接してくれる。

主治医を差し置いて国外から招いた医師に執刀させるということが、もしかしたらターヒルのプライドを傷つけているかもしれないと懸念していたが、杞憂《きゆう》だったようだ。

執刀医は鷹臣だが、あくまでも主治医は自分だという自覚と自信を持っているのが会話の端々から伝わってきて安心できる。

「陛下も日本の医師を招聘するにあたって、私に日本語を教えて欲しいとわざわざ、おっしゃったほどなのですよ」

「イスハーク陛下が？」

「ええ、そうです。元々、親日家でいらっしゃいますしね。……こちらです」

宮殿の広大な敷地内にある王立病院は、少し前まで王族を専門に診《み》る病院だったらしい。

一夫多妻制のオズマーン王国で、歴代の王たちは複数の妻を持ち、後宮も現国王の曾祖父の時代まで栄えていた。いまと違って、王子の肩書きを持つ男子王族など、珍しくもなかった時代の話だ。

古い伝統や価値観を引き継ぐ支配層エリートは、自身の母親や妻、娘などをできるだけ人目にさらさないようにする。

そのため、王は自身の大家族のために、宮殿内にモスクや病院までもを建てたのだ。

「王族のために建てた病院とは、豪勢ですね」

「昔は何百人何千人とおられましたから」

「その方たちはどこに？」

「王位継承権を持たない王子たちは、高級官僚や大臣となるのが慣例だったのですが、いまは事業家として国外に進出することが増えました。血筋のよい方がビジネスの面白さを知ってしまうと官界には魅力を感じなくなるようです」

「では、いま国内にいる貴族や官僚は……」

「前時代的な考えのお年寄りばかりですよ。保守的なので、革新主義の陛下は苦労なさっておいでです」

豪華なエントランスをくぐり、ロビーを抜けて病棟へと向かう。

アルーシャル宮殿の空気はどことなく甘やかな香りを含んでいるが、ここはさすがに病院らしい消毒薬の匂いが漂《ただよ》う。絨毯はなく、ピカピカに磨《みが》き上げられた大理石の床を、白いスカーフと裾の長い民族衣装を纏った看護師たちが足音を立てずに行き交っていた。

「ナース服も、髪や肌を見せない仕様なんですね」

「はい。だいぶ西洋化が進んできたとはいえ、やはり伝統と価値観はすぐに変わるものではないので」

ここでは、見ず知らずの男性と女性が言葉を交わすこともない。女性たちと目が合っても軽く会釈《えしゃく》して立ち去っていくだけだ。居住区を分けるのと同様、それは国教の戒律と、古来から守られてきた王宮内のしきたりの延長らしい。

ただ、神の教えと伝統に守られた古めかしい宮殿の外観とは裏腹に、院内の設備は近代的で、アメリカや日本の大病院と大差ないようだ。想像より遥《はる》かに厳重な警備態勢が敷かれ、よく見れば要所要所に監視カメラが設置されている。

「……なんだか、刑務所みたいだ」

「ん？　なにか、おっしゃいましたか？」

思わず呟《つぶや》いたひとりごとが、ターヒルにも聞こえてしまったらしい。鷹臣は慌ててなんでもないと首を振った。

「いいえ、警備態勢が厳重だなと……やはり、王女が入院されているためですか？」

「ええ、でもその程度で驚かないでください。王女の手術のために、イスハーク陛下は最新の医療機器を備えた手術室を作らせたんですから」

「元々あった手術室に、機械を入れていただいたんじゃないんですか？」

「いいえ。Dr.・トオノをお招きして執刀をお願いするのですから、いつも使われているもののほうが使い勝手がよいだろうと。手術器具もすべて日本の医療メーカーからの取り寄せです」

元来、王族のために建てられた王立病院はそれほど患者数も多くない。ましてや脳外科は医師数も少なく、設備も最新というわけではなかった。それを今回、わざわざ鷹臣仕様の手術室をひとつ作り上げ、万全の態勢で迎えたとあっては、もう失敗は許されない。

「そこまでしていただいたのなら、俺も本気にならないわけにはいきません」

「お願いします。余分に切ったら、首が飛ぶかも知れませんからね」

「…………」

「冗談ですよ」

笑えない。

途中、脳外科医局に顔見せに立ち寄り、そこからさらにふたりは特別病棟へと上がった。

王女の病室は、ナースセンターや大小のカンファレンスルーム、患者の家族が寝泊まりできるような特別仮泊室《ファミリールーム》までを備えた、特別フロアにある。

現在、そのフロアに入院しているのは王女ただ一人となっており、そこに上がるためのエレベーターは配膳用を除くとひとつだけだ。ドアひとつ抜けるためにも、事前に指紋登録と特別なセキュリティカードが必要となる。

警備のためというのもあるが、主だった理由は感染症を防ぐためだ。サラーヤ王女は治療の副作用で免疫力が下がっており、医療スタッフと親族以外は出入りを禁じられている。

病室のドアの前で、ターヒルが白衣のポケットから銀色のカードを取り出した。

「病室の前に前室があり、そこで消毒と滅菌ガウンを着てからでないと病室には入れません。前室に入るにも、このＩＣチップが入ったセキュリティカードが必要となります」

先程、医局に立ち寄ったのは白衣やカードを受け取るためでもあったようだ。

鷹臣も近日中にＩＤを登録する手続きをしなくてはならない。カードキーやタブレットなどを支給するために必要になる。

「こちらです」

前室のロックが解除され、ドアが開いた。

ようやく患者とご対面かと思った矢先、聞き覚えのある声に迎えられる。

「待っていましたよ」

「──陛下!?　それに王子《アミール》まで……」

小さく叫んだターヒルの肩越しに、イスハークともうひとり、利発そうな面差しの少年が見えた。イスハークのような伝統的なアラブの民族衣装ではなく、クーフィーヤに洋装を纏っている。

(アミール……?)

少年はソファに座ったイスハークの背後に、両手を背後で組んで立っている。表情は堅く、歳の割にどこか疲れた様子に見えるのは気のせいだろうか。

美貌の王との思わぬ再会に、鷹臣の胸は高鳴った。

「とんだ失礼を」

慌てて膝を折ろうとしたターヒルを、イスハークが制止する。

「ああ、よいのです。入りなさい、ふたりとも」

「は。では、失礼を」

前室は消毒済のガウンや医療機器があるだけでなく、奥にはテーブルやソファなども置かれ、まるでこぢんまりとした居間のような造りになっていた。

隣の病室とは新生児室のようなガラス張りの壁で区切られ、前室からガラス越しに中の様子を窺《うかが》うことができる。物々しい医療機器が置かれた病室の中央にはベッドがあり、たくさんの管で繋がれた痛々しい王女の姿があった。

「王女と面会後にご報告にあがるつもりでおりましたが……おいでとは知らず、ご無礼を」

鷹臣が恐縮すると、イスハークはとんでもないと首を振った。

「こちらこそ、驚かせましたね、Ｄｒ．トオノ。紹介が遅れました。こちらは兄イーサの息子、ナーセルです。――HRH《ヒズロイヤルハイネス》・ナーセル、ご挨拶《あいさつ》を」

少年はサラーヤの双子の弟、ナーセルだった。家族写真からは見違えるほどに成長し、父親《イーサ》譲りの凜《りん》とした顔をまっすぐ医師ふたりに向けている。

「ナーセルだ。あなたが、サラーヤの病気を治しに来たという噂のスーパードクターか？」

イスハークに子供がいないこともあって、現在は彼が王位継承権第一位の地位にある。歳の割に大人びた印象を受けるのは、自身の立場をすでに自覚しているからだろうか。

鷹臣はオズマーン式に則《のっと》って恭しく頭を下げた。

「お初にお目にかかります、ナーセル殿下。日本から参りました、遠野鷹臣と申します。そのような噂は初耳ですが、精一杯、努めさせていただきます」

「姉を、元通りの健康体にしてやって欲しい。叔父とも話したが、今後の治療についてはあなたに医療チームを率いて欲しい。どうか、よろしく頼む」

すでに見舞いはすませた後なのだろう。ナーセルはそれだけ言うと、叔父であるイスハークに一礼し、踵《きびす》を返した。見送りに出ようとするターヒルを、「必要ない」と手を振って押しとどめ、もう一度、ふたりの医師に軽く目礼して出ていく。

「いつもはもっと愛想が良いのですが……ナーセルは今朝方、宮殿に戻ったばかりで一睡もしていないのです。どうしても、執刀医に一言、挨拶をしておきたいというので連れてきたのですが」

海外留学先から急遽《きゅうきょ》、帰国したのだとイスハークは少し困ったような、誇らしそうな表情で打ち明けた。たったひとりの姉が手術を受けると聞いて、いてもたってもいられなかったらしい。

（……お疲れのところを、姉の執刀医である俺に、礼を尽くしてくださったわけだ……）

次期国王が「姉を頼む」と頭を下げるために、一睡もしないまま自分を待っていてくれた。その心がけは初対面のときのイスハークと通じるものがある。

「難しい年頃ですが、情が深く優秀な子です」

「わかります。陛下に似ておられますね」

「甥《おい》ですから、どこか似た部分はあるかもしれません」

「そうでなくて、情が深いところですよ」

「え？　そ、そう……ですか？」

自慢の甥なのだろう。照れながらも、イスハークは嬉しそうに頬を紅潮させている。

国王という厳《いか》めしいフィルターに惑わされがちだが、一対一で話してみればなおのこと、素直な感情の持ち主だ。可愛い、などと言ったらそれこそ不敬かも知れないが、心で思うだけなら許されるだろう。

「陛下、サラーヤ王女のお顔を拝見しても？」

「え、ええ、もちろんです」

三人は消毒をすませると、いよいよ王女の病室へと入った。

彼女が眠るベッドにそっと近づく。

「王女様、初めまして……」

ようやくのことで対面が叶ったものの、王女がこちらからの呼びかけに答えることはない。激しい頭痛や吐き気から逃れるため、鎮静薬で意識を落とされているからだ。

（まるで、眠れる森のナントカみたいだ）

目を閉じていても美少女とわかる顔立ちに、華奢《きゃしゃ》な身体。点滴が留置された腕は筋肉が落ち、折れそうなほどほっそりとしている。写真とはいえ、健康的な彼女の姿を見た後なだけに痛々しい。

「モニターがナースセンターにあり、王女は二十四時間態勢で病状管理されています」

「なるほど、ここは集中治療室みたいな扱いなのですね」

ターヒルの説明に頷きながら、鷹臣はリアルタイムで王女の状態を表示する機械を覗《のぞ》き込んだ。

（呼吸と代謝は問題ないな……少し体温が高いのは誤差か、腫瘍熱か……）

イスハークは傍で不安そうな顔をして見守っている。だが治療方針のすべてを鷹臣に任せるといった言葉通り、医師ふたりのやりとりに口を挟むことはなかった。

「Dr．ターヒル、すみませんが最新の脳圧と、ここ数日の記録を見せてもらえますか？」

「どうぞ」

ターヒルが白衣の内ポケットから取り出したタブレットを渡してくれた。

王立病院の医師たちはみな、十インチタブレットと、それを入れるための内ポケットが内蔵されたドクターコートを支給されているらしい。タブレットは医用画像も見られる特殊な高精細ディスプレイで、院内でパスワードを打ち込めば、王族の電子カルテや検査結果にも一発でアクセスできる。

鷹臣は立ったまま、サラーヤの最新の検査結果に目を走らせた。

(まずいな……脳圧がまた上がっている……)

脳腫瘍には大きく分けて二種類ある。

他の臓器の癌《がん》が脳に転移してきた「転移性脳腫瘍」と、最初から脳で癌が発生した「原発性脳腫瘍」。

王女の場合は転移によるものではなく、原発性脳腫瘍だ。

原発性の場合、脳にはリンパ系が存在しないこともあって、他の臓器に転移することはほとんどない。ただし、脳内での転移は別だ。

サラーヤの脳圧はじりじりと上がっていた。病巣が大きくなっているせいか、転移してそこでも癌細胞の増殖が始まっているのか。

「最新のMRIは?」

「昨日撮ったものがあります。必要になると思いまして」

さすがは中東の名医だと感心しながら、鷹臣は画像ファイルを開く。3D画像を指で回転させ、三ミリごとの輪切り画像映像を注意深く捲《めく》っていった。

「これ以上、大きくなれば開頭手術も視野に入れなければ、……ん?」

スライドする指がぴたりと止まる。

鷹臣の目は、ある一枚の画像に釘付けになっていた。

（――この小さな点はなんだ……？）

少なくとも先週の画像にはなかった。

転移なのか、ただの出血痕なのか。これだけでは判断が難しい。内視鏡で直接、覗いてみたほうが早い。

（もし、転移なら――）

鷹臣は顔を上げ、ターヒルを振り返った。

「Dr．ターヒル。急ですが明日、手術しましょう」

「明日ですか!?」

ターヒルが目を丸くする。

「ええ。よろしいですね、陛下」

「え、ええ。もちろん。お任せします」

イスハークも驚いた様子だったが、すぐに腹をくくったように頷いた。

「Dr．ターヒル、すぐ医療チームのメンバーを集めてください。時間がない。手術器具の説明も含めて、午後からレクチャーを行います」

鷹臣が手術で使用する医療器具は多岐に渡る。中には、鷹臣が医療器機メーカーと共同開発したものも少なくない。手術手順がわかっていなければ、執刀医にどの道具を渡せばいいかもわからないだろう。

医療スタッフは選《え》りすぐりの優秀な人材を集めたと聞いている。時間がない中で彼らを纏め、チームワークを築き上げなければならない。

「わかりました。早急に準備します」

ターヒルはすぐに病室を出ていき、あとには鷹臣とイスハークのふたりだけが残された。

「随分《ずいぶん》と……急なのですね。トオノは準備などはいいのですか？」

「腫瘍の大きさ、場所などは頭に入っています。手術計画にも問題はありません。ただ、メスを取る条件として、ご承知いただきたいことがあります」

おそらく技術的には問題ない。鷹臣自身が失敗する可能性は限りなく低いと自負している。

否、自信といったほうがいいかもしれない。

だが、なにが起きるかわからないのが医療現場だ。

手術は問題なく終わったが患者は亡くなった、というケースは決して少なくない。

「失明の可能性についてでしたら、ターヒルから聞いています」

「それだけではありません。……命が助かるかどうか、楽観はできない、という意味です」

直截《ちょくさい》な言葉に、イスハークが息を呑んだ。スッと顔色が青ざめる。

「いま、なんと……」

「先程の画像に、転移を疑う所見がありました。予後がどうなるかは、覗いてみないとわかりません。合併症や術中死を免《まぬか》れても、一年後に生きていられるかは、患者本人の体力と運次第という意味です。いまならふたつの選択肢がありますが……どうなさいますか」

鷹臣は「絶対に治してやる」などと豪語はしない。手術に百パーセントは存在しないし、限られた生をどのように過ごすか、決める権利は患者側にあるからだ。

「それは……手術を取りやめ、残された時間を静かに過ごすという選択、ですか」

理解が早い。鷹臣が頷くと、イスハークは視線を落として唇を噛んだ。

だが、すぐに顔を上げ、きっぱりと言う。

「手術をお願いします。どうか、いまできる最大限のことをサラーヤにしてやってください。患者の家族として、彼女を貴方に託します」

若いながらも国王を名乗るだけあってイスハークは取り乱したりはしなかった。

「では、微力ながら精一杯、力を尽くさせていただきます。幸い、患者はまだ若いので、快復力を信じたいと思います」

それを聞くとイスハークは大きく息を吐き、崩れるようにベッドの脇に膝をついた。

「……神よ……」

意識のないサラーヤの手を握り、一心に祈りの言葉を口にする。その様子からは、姪であるサラーヤのことを心から案じている様子が痛いほど伝わってきた。

非礼かと思いつつも、鷹臣はその隣に膝をついた。無言のまま、イスハークに寄り添う。

なにが正解かは人によって違う。ただなんとなく、彼の場合は言葉など無闇にかけず、ただ傍にいるのがいいような気がしたからだ。

「トオノは、優しいのですね。……少し、兄に似ているかもしれません」

祈りが終わり、しばらくしてイスハークがぽつりと呟いた。どこか懐かしむように目を細める。

「前国王陛下に、ですか？」

「サラーヤが泣くので、普段は兄のことをあまり話題にしないようにしていますが……思えば最初から、トオノとは初めて会った気がしませんでした。生きていれば、ちょうど同じくらいの年齢ですね。歳が離れていたので接点はほとんどありませんでしたが、優しい兄でした」

同じ血を分けた兄弟でも、皇太子とその弟王子では住む世界がまるで違う。ましてや十歳も歳が違えば、取り巻く人や環境にも自《おの》ずと差が生まれてくる。ただ、イスハークにとって、兄イーサとの思い出はそれほど悪いものではないらしい。

「もったいないお言葉です。俺は一介の外科医ですが、手術するだけが仕事というわけでもありません。ご質問があれば、なんなりと」

湿っぽくならないように明るく言うと、イスハークがつられたように微笑した。点滴の針が刺さるサラーヤの手の甲に視線を落とす。

「サラーヤが病に倒れてから、脳腫瘍のことはこれでもかというくらい勉強しました。でも究極の話、どういう結果であっても、患者とその家族が後悔せず納得できるか否かなのだとわかったのです。ターヒルの助言に従い、あなたにすべてを任せる選択をしました」

知りすぎて迷うくらいなら、自分が信じたプロに任せたほうがいい。自分が信じた相手なら、どのような結果でも受け入れられる。それはある意味、賢明な判断と言える。

「俺をここに呼んだのは、Ｄｒ．ターヒルを信じての判断だったのですね」

当然といえば当然の話だが、少しばかりがっかりしたのも事実だった。

聡明な人間ほど、人前で取り乱すことを嫌う。上に立つ人間ならなおのこと、弱音を吐くことさえ自分に許さなかったりするものだ。懐《ふところ》に入り込んだ人間だけが、本音を引き出せる。宮廷侍医は、それだけの信用を勝ち得ている。

（会ったばかりで、なにを期待していたんだか……）

兄に似ているなどというリップサービスに舞い上がって、現金にもほどがある。

「主治医として、ターヒルはとてもよくしてくれます。でも、いまの言葉を聞いて、あなた自身が信じるに値する医師だと確信しました。現状を包み隠さず話してくれ、王である私に遠慮しないどころか、こうして寄り添ってくださった医師は、あなたが初めてです」

「それは……、少しでも、信頼をいただけたのなら光栄です」

褒められたのか咎《とが》められたのかは微妙だったが、ここは素直に前者と受け取っておこう。

イスハークが憂《うれ》いを含んだ瞳でじっと鷹臣を見上げている。透き通った視線がなぜか息苦しくて、鷹臣はそっと視線を外した。代わりに気になっていたことを訊ねる。

「陛下、無遠慮ついでに、私からひとつお訊ねしても？」

「なんなりと」

「陛下は先程、ナーセル殿下にＨＲＨの称号をおつけになりましたね」

HRH《ヒズロイヤルハイネス》――それは王位継承権を持つ王子のみにつけられる敬称だ。

オズマーン王国では、初代国王の血を引く、直系男子が王位を継承する。ただし、王位を継げるのは成人済みの男子のみだ。そして現在、その称号で呼ばれるのはナーセル王子ただひとりとなっている。

「よく、お気づきになりましたね」

「俺だって少しは勉強してきてるんですよ、この国のことは」

オズマーン王室の伝統はあくまでも長子優先制であり、本来なら弟であるイスハークに王位が回ってくる可能性は低かった。

だが皇太子であるナーセルがまだ十二歳のときに前国王であるイーサが崩御《ほうぎょ》したため、当時二十一歳だった弟のイスハークにお鉢が回ってきたのだ。

「もし、仮に陛下がご結婚されて、王妃との間に男子が生まれれば、その子に王位継承権が発生しますよね」

「それは、ありえません」

「なぜ言い切れるのです？　オズマーン王室の伝統はあくまでも長子優先制だ。陛下の在位中に、その息子が無事に成人すれば、陛下の血を引く男子が次期国王となる……ナーセル殿下がいまHRHの称号を名乗っておられるのは、陛下にお子がいらっしゃらないから、そうでしょう」

「……なにが、言いたいのです？」

イスハークの瞳がきらりと光る。

「どうか不敬をお許しください。私はなんの身分も権利も持たない外国人です。ですが、ずっと不思議に思っていたのです。陛下がなぜ、頑《かたく》なに独身を貫いていらっしゃるのか」

即位してから三年、イスハークに結婚の話が持ち込まれなかったとは考えにくい。

婚姻とまではいかなくとも、父のように、留学先でのロマンスのひとつやふたつ、あっただろうに。

「それは……運命の相手に、巡り会わなかったからですよ」

「ご冗談でしょう」

「なぜ、そう思うのです？」

一瞬、言葉に詰まる。

まさか、本気で言っているのだろうか。否、そんなわけはない。

「俺だったら……俺がもし女性だったら、陛下を絶対に放っておきません」

イスハークは面食らった顔をしたが、すぐにぎこちなく小声で笑った。冗談だと解釈したらしい。

「やけに踏み込むと思えば。買い被りすぎですよ。……たしかに、私は即位と同時に、改めてHRHの身分と敬称をナーセルに与える旨の勅許《ちょっきょ》を出しました。彼の身の安泰を保障するためです」

次期国王候補である皇太子は、国王がHRHの身分と敬称を与える旨の勅許を出すことによって決定する。

だが、前王の弟が王位を継いだ場合、弟王が兄の長子からＨＲＨの称号を剝奪《はくだつ》してしまった例も過去にはある。それを踏まえ、ナーセルが余計な心配をしないようにという配慮だろう。

他者の介入しようがない密室で、サラーヤが眠っているからこそ話せる話だ。

「ではやはり、陛下は、ナーセル殿下を守るために……？」

イスハークは小さく息を吐き、それを認めた。

「王位を巡る争いは国力を弱めます。悲劇が繰り返されれば、国が崩壊しかねません。面倒ごとの種を作るくらいなら、私は結婚などしなくて構いません」

悲劇――それは暗《あん》に、両親や兄夫婦を暗殺されたことをも指すのだろう。

表向き事故とされているから、犯人など「いない」。だが、裏には必ず糸を引いていた人物や派閥が控えているはずなのだ。王の政策や統治方が気にくわず、あるいは確信犯的に、王の首をすげ替えようとした輩《やから》が。

「結婚しても子供を作らない……なんて、許されないご身分でしたね」

「残念ながら。私が結婚すれば、必然的に世継ぎが期待されます。妻になった女性は男子を生《な》せなければ色々とつらい思いをすることになる。私の我儘《わがまま》で悲しい人間を増やしたくはありません。それに、王権をひっくり返したい輩は貴族や近臣の中にもいますから……」

だれが次期国王の座に着くかは傍系《ぼうけい》の王族や政府高官にとって重要な問題だ。中にはよからぬ策略を巡らせる者もいるだろう。最悪の場合、命を狙われることもある。殺される前に殺すことも、この国では珍しいことではない。

王女の寝顔をそっと見遣《みや》り、イスハークは小さく溜息をつく。

「王の仕事はたくさんありますが、一番の役目は民を幸せにすることです。ナーセルは慈悲深く、才知に長《た》けた青年です。私などより立派な王になるでしょう」

「陛下も、立派な君主でいらっしゃいますよ」

つい声が大きくなり、イスハークは驚いたように顔を上げる。

部外者のくせに、わかったような口をきくと思われるかもしれない。それでも言わずにはいられなかった。

「少なくとも、俺にはそう思えます。ターヒルも、アブドルラハマーンも、きっと……」

本来なら、一国の王が、出会って間もない外国人に話すような内容ではない。

負の連鎖が脈々と受け継がれている現状を鑑《かんが》みれば、百パーセント信じられるものなど王にあるとは思えない。そんな孤独の中で、ふと本音を漏らした相手がたまたま自分だったのか、あるいは部外者だからこその気安さで、打ち明けてくれたのか。

どちらでも、構わない。

少しでも信用を勝ち得ることができたのなら、それを裏切りたくない。

「ここでお聞きしたことは、だれにも言いません」

一言一句区切るように告げると、イスハークはふわりと微笑んだ。

「ありがとう。やはり、あなたをお呼びしてよかった」

彼の瞳に、強い意志と諦念《ていねん》を見つけてまた胸が締めつけられる。

この国に、この血筋にさえ生まれなかったら、イスハークはもっと別の幸せを得ていたかも知れない。

「……陛下は」

——自らの人生を犠牲にして、悲しくないのですか。

つい喉まで出かかった言葉を寸前で飲み込む。

これ以上は、あまりに僭越《せんえつ》だと思ったからだ。

そのようなこと、イスハークはとうに覚悟している。自身の幸せより、できるだけ周囲の者たちを不幸にしないために、孤独を受け入れて生きる覚悟の人間に、投げていい質問ではない。

「なにか、おっしゃいましたか？」

「……いえ」

鷹臣は首を振り、静かにイスハークを見つめる。

いまの自分は、彼から全幅《ぜんぷく》の信頼を寄せられるような存在ではないけれど。

せめて、憂い事のひとつだけでも取り除いて、イスハークの心からの笑顔を見てみたい。

そのためにいま自分ができることは、王女の手術を成功させることくらいだ。

「日本には、人事《じんじ》を尽くして天命を待つ、という言葉があります。やれることはすべてやるつもりです。だから陛下は、どうか祈っていてください。——あなたの、神に」

鷹臣自身、特に信仰はない。しいていえば、自分自身を信じている。

だがこの国の人間にとっては、信仰こそが心の拠《よ》り所《どころ》なのだろう。よく「医療は祈りだ」と言われるけれども、神に祈ることで救われるのならそれでもいい。

「……私の、神に……」

イスハークは鸚鵡返《おうむがえ》しに呟くと、静かに、手を握り合わせた。

脳神経外科を専門とする鷹臣の超精密手術《マイクロサージェリー》は、長いアームの先に取り付けられた手術用顕微鏡で視野を確保しながら行う。

簡単に言えば、頭蓋骨《ずがいこつ》に空けたコイン一枚ほどの小さな穴から手術器具を差し込んで、患部を切り取るのだ。

それを小さな鍵穴から針金状の工具を使って錠前を開ける「ピッキング」になぞらえ、いつのまにか、『ピッキング・オペレーション』と呼ばれるようになった。

この術法で取り零さず手術ができる医師は、いまのところ世界でも鷹臣とその師くらいのものだろう。かなりの臨床経験と圧倒的な技術を要するが、開頭手術よりも圧倒的に患者への負担が小さく、術後回復も速い。

「……三十分で終わらせよう、患者の体力が心配だ」

麻酔をかけられた王女の頭はきれいに剃毛《ていもう》され、ドリルによって小さな穴が空けられている。

その穴に差し込んだ顕微鏡のスコープから目を離さないまま、鷹臣は右手を差し出した。その覗き穴《のぞきあな》掌《てのひら》に、鷹臣と同じ緑の手術着を纏ったターヒルが、次に使う手術器具を乗せる。

いつもなら手術室の看護師が担当する役割を、今回はターヒルが担っていた。

半日かけてレクチャーを行ったものの、やはりピッキング・オペに慣れない現地医療スタッフより、手術の手順がわかっている医師が担当したほうが術者のストレスが少ないという判断だ。

ターヒルは気を悪くするどころか、特等席でオペが見られると、かえって喜んでいる。

それもそのはず、手術室にはこの病院の医療スタッフの他にも、多くの身元の確かな見学者が集まっていた。

みな、この国で医療の道の高みを目指す医師たちだ。

最先端の手術用顕微鏡を用いた手術は、この国では今回が初となる。後学のためにと、イスハークが特別に見学を許可したのだ。

手術室にはモニターテレビが設置され、鷹臣がスコープ越しに見ている映像が画面に映し出されている。録画されたその映像は、手術後にそれぞれの病院に持ち帰られ、勉強会に使われる手筈《てはず》となっていた。

「そろそろのはずなんだけど」

鷹臣は足許のフットペダル型コントローラで視野を巧みに操りながら、神経繊維を慎重にかいくぐり、まっすぐに病巣を目指していく。脳のどこになにがあるかを立体的に把握していなければできない芸当だ。

「見つけた」

刹那《せつな》、鷹臣の目が鋭く輝いた。

すかさず、ターヒルが医療スタッフに耳打ちする。

「吸引。術者の視野を汚すな」

医療スタッフが、緊張した面持ちで吸引管を奥へと差し込んだ。じゅるじゅると音を立てて血混じりの漿液《しょうえき》が引けてくる。クリアになった視界、そしてモニターには、到達した病巣が見事に映し出されていた。

「……かなりきてるな……」

腫瘍はすでに視神経を巻き込み、凶悪な面構えを見せている。

手術室に絶望的な空気が漂う中、鷹臣は剥離子《はくりし》を手に取った。こまめに止血しながら、癒着した腫瘍を慎重に剥がしていく。〇・一ミリでも手がぶれれば失明してしまう繊細な手術だ。

ほとんど出血を見ないまま、ものの数分で病変は摘出された。あっという間の出来事に、見学者たちの半数はなにが起きているか理解しかねている。銀のトレイに乗せられた腫瘍の塊《かたまり》を見ながら、だれかが惚《ほう》けたように呟いた。

「これが……Ｄｒ．トオノの神の手……」

だが鷹臣はスコープを覗き込んだまま、すでに次の患部を探し当てていた。唸《うな》るように呟く。

「例の点、やっぱり転移巣だな……」

「どうします？　開頭に切り替えましょうか」

ターヒルの言葉に、手術室には緊張が走った。

一瞬の間を置いて、鷹臣は決断する。

「いや。このままいこう」

「しかし……」

放射線で叩くことも考えたが、転移巣はひとつだけだ。サラーヤの体力を鑑みれば、一発完治で終わらせたほうがいい。

「女の子だし、傷跡は小さいほうがいい」

幸い、ほんの数ミリの一ヶ所だけだ。見逃すことがなかったのは、ターヒルが機転を利かせて撮っておいたMRI画像のお陰だろう。イスハークの沈鬱《ちんうつ》な顔を、もう見ないですむように願いながら、慎重に腫瘍を切り取っていく。

「頑張れよ……すぐに、馬にも乗れるようにしてあげるから……」

鷹臣の額に滲《にじ》む汗を看護師がそっと拭き取る。管の中を通って、切り取られた腫瘍が取り出されると、室内には溜息とも歓声ともつかないさざめきが広がった。

「これで全部ですね。縫合します」

ターヒルと立ち位置を替わる。

あとは、MRIで病巣が残っていないことを確認するだけだ。

イスハークとナーセルも、この瞬間を家族待機室のモニターで見ているだろう。手元とは別に、手術室全体を映すビデオカメラがリアルタイムで中継している。音声までは伝わらないが、手術が滞《とどこお》りなく終了したことは伝わっているはずだ。

鷹臣はおもむろに右手を高く揚げ、握った手の親指を、空中でグッと突き立てた。

【II】

王女の意識が戻ったという知らせを受けたのは翌朝だった。

鷹臣が病院に向かうと、王女はすでに同じ階の特別病室に移されていた。主治医であるターヒルの配慮らしい。

「おはようございます」

消毒をすませ、ケーシー型白衣にドクターコートを羽織った鷹臣が入室すると、枕辺《まくらべ》にはイスハークの姿があった。あの無機質なクリーンルームのような病室ではなく、応接セットやバス、洗面所などが揃ったホテルライクな個室だ。

「おはようございます、トオノ見てください、王女が、サラーヤが！」

イスハークが感動さめやらぬ様子で椅子から立ち上がる。

「陛下、落ち着いてください。ええと、初めまして、王女様《アミーラ》。執刀医を務めさせていただきました、遠野鷹臣です」

必死で覚えたアラビア語で自己紹介したが、当のサラーヤは一言も口をきかず、逆に怖がるように身を竦《すく》めた。目を開けるのが怖いのか、目蓋も伏せたままだ。

イスハークが、横から優しく口を添えた。

「サラーヤ、あなたの手術をしてくれたお医者様ですよ」

「トー……ノ？」

少しだけ警戒を解いたのか、サラーヤが鸚鵡返しにする。

挿管の影響で喉が嗄《か》れ、言葉もぎこちないが、意識ははっきりしているようだ。この調子なら、じきに普通に会話できるようになるだろう。

鷹臣は術後の出血量を確認すると、サラーヤの顔を仰向《あおむ》かせた。

「ゆっくりでいいので、目を開けてくださいますか、王女様」

「や……こわい」

「見えるはずですから、怖がらないで」

目蓋が震え、顕《あらわ》れた虹彩《こうさい》はトパーズの色をしている。ペン型《アルカトータライト》のプッシュライトで照らすと瞳孔《どうこう》の収縮が確認できた。ライトを消し、王女の目の前で指を立てる。

「指が見えますか？　そう。では右目だけで、何本か答えてください」

「……二本……」

「二重に見えたりしてませんね。では、次は左目だけで」

「四本」

「両目で」

「五本」

息を詰めて見守っていたイスハークが安堵《あんど》の溜息を漏らした。心配した視神経も正常に機能しているようだ。

「しっかり見えてますね。後から詳しく検査をしますが、問題なければリハビリを経て、以前と同じ生活に戻ることができるでしょう」

「じゃあ、馬にも、乗れる……？」

「ええ、もちろん」

アラビア語にあまり自信がなかったが、それなりに伝わったらしい。

それを聞くとサラーヤがうっすらと笑みを浮かべた。父親似の愛らしい笑顔だ。

「後ほどＤｒ．ターヒルが診察に来ると思います。それまでお待ちください」

「うん」

「陛下、ちょっとよろしいですか」

話をするために、鷹臣はイスハークをさり気なく外へ誘った。

縫合の傷が癒えたら念のため放射線治療を行うことになっている。昨日、摘出した腫瘍の病理検査結果も含め、保護者であるイスハークと相談しなくてはいけない。

イスハークが席を立ったそのときだった。

「トーノ、センセ。アリガト、ゴザマシタ」

ベッドからサラーヤがカタコトの日本語で一生懸命、語りかけてきた。

今朝、イスハークがサラーヤに教えたらしい。

「どういたしまして、王女様」

面食らいつつも、鷹臣は恭しく頭《こうべ》を垂れて彼女に答えた。

イスハークを連れて向かったのは、診療棟にある小部屋だった。

主に医師が患者の家族向けに病状説明などを行うときに使う部屋で、ここならだれにも邪魔されず、患者に聞かれたくない話もできる。

革張りのチェアに向かい合って座るなり、イスハークは興奮した顔で身を乗り出してきた。

「サラーヤとこんなに早く会話ができるようになるなんて、思ってもみませんでした」

術前にかなり厳しい言葉を伝えたせいか、うっすらと涙ぐんでいる。

通常、国のトップに立つ人間が、公《おおやけ》の場で感情を表に出すことは少ないだろう。歳が若ければ尚更、そうした演出を意識する。だが自分の前にいるイスハークは、喜怒哀楽を隠さない素の彼の姿なのだ。そう思うと、なんだか得したような妙な気分になる。

鷹臣は咳払いした。

「それがピッキング・オペだからこそのメリットです。あとで画像をご覧いただきますが、腫瘍はほぼ取り切れたと言っていいでしょう。術後に撮ったCTを確認してきましたが、それらしい影は見あたりませんでした」

「よかった……」

花が綻《ほころ》ぶようにイスハークの顔に笑みが広がる。

いままでのような憂い混じりの愛想笑いではない、安堵と喜びに溢《あふ》れた表情に、見ている鷹臣まで嬉しくなる。

「Dr．ターヒルが、念のため、放射線を全脳に当てて目に見えない転移巣を潰す治療計画を出しています。どうするかは協議《カンファレンス》で決めますが、メスを入れる治療はこれで終了です。ひとまず、ですがね」

他に転移がないことを確認した段階で、いつもなら次の患者の待つ病院へと移動するところだが、今回は術後の急変に備えてしばらくオズマーン王国に留まることになっている。

サラーヤが普通に生活できるようになるまで、鷹臣は宮殿に滞在し、王女の急変に備えつつ、王立病院で医師たちに技術指導をする予定になっている。

手術を見学した医師たちは無論のこと、国内の脳外科医たちはこぞってDr．トオノのピッキング・オペの技術を学びたいと願い出てきているようだ。

「なんとお礼を言って良いか。本当に感謝しています。あなたこそが神なのではないかと……見学した医師たちも言っていました」

「嬉しいけど、それは褒めすぎですよ」

自身の技術を出し惜しみする気はない。

むしろ多くの医師たちに伝授することで、救える患者が増えていくことを願っている。

いずれ世界中の脳外科医が、ピッキング・オペを当たり前のように施術できるようになれば、鷹臣もいまほど殺人的に忙しくなくなるはずだ。

「報酬は契約通り、全額寄付先の口座でよかったのですか？」

「ええ、ありがとうございます」

あちこちの病院で手術を依頼される鷹臣の年収は決して少なくない。しかし、実際は生活に必要なぶんだけを残して、そのほとんどを世界保健機関や国連児童基金などに寄付している。金銭感覚が慎ましいのは、そのせいもあるだろう。

「無欲ですね、トオノ。あなたほどの医師なら、もっと多くのものを望んでもいいのでは？私に叶えられることなら、ですが」

(——叶えられること、か)

医は仁術《じんじゅつ》、などと綺麗事《きれいごと》を言うつもりはない。

ライフスタイルも性指向も曲げられない。おそらく一生、家庭を持つことはできないだろう——そう言って頭を下げた鷹臣を、家族はだれも咎めなかった。

『脳神経外科医を一生の仕事として選んだからには、もっと広い世界で、おまえにしかできないことをやれ』

そう言って老いた両親と実家の家業を引き受けてくれた兄の恩義に報いたい。金も技術も、自分が持てるものはすべて使って、ひとりでも多くの人間の命を救いたい。

願いを叶えるため、信条のままに生きる自分は無欲ではなく、むしろ我儘で強欲だ。

「……それなら、とっくにいただいています」

「え？」

首を傾げるイスハークを、鷹臣は眩《まぶ》しいものでも見るような目で見つめる。

「陛下が笑ってくださった。患者の命を救えたことも無論ですが、陛下の、心からの笑顔を見られたのが、私にとっては一番嬉しいご褒美でした」

不意を衝《つ》かれたイスハークが、大きく目を瞠《みは》る。

いつもなら言わないような気障《きざ》な台詞《せりふ》を、気づけば自然と口にしていた。言ってしまってから気づいたが、まるで遠回しな口説き文句だ。

「そ……そんなことが、褒美なんて……」

イスハークの頬が、砂漠の夕焼けのように薄赤く染まっていく。

まずいと思いつつも、初心《うぶ》な反応がいちいち好ましくて、心臓を鷲摑《わしづか》みにされたような甘い痛みに襲われる。

（……可愛い人だ……）

国王という肩書きの陰に隠れてしまいがちだが、改めて意識すると、彼は三十代の自分よりずっと若い。

結婚願望はともかくとして、恋愛経験はいかほどだろうか。つい、そんな下世話なことを考えてしまう。知ったとて同性同士、どうにかなるわけでもない。わかっているのに、つい踏み込んでしまいそうになる。

「なんて言ったらいいか……あの、私は」

思った以上に、困惑させてしまったらしい。

いつかみたいにまた笑って欲しくて、鷹臣は続けて言った。

「冗談ですよ、陛下」

イスハークが口を小さく開けたまま、何度も目を瞬く。

「……そ、そうですよね。びっくりしてしまって、つい……恥ずかしい……」

俯《うつむ》いた頬の輪郭と耳朶《じだ》が、熟《う》れたいちごのように赤く火照《ほて》っていた。

やはり、イスハークには憂い顔ではなく笑顔が似合う。

だからどうか、笑っていて欲しい。


異変が起きたのは、手術から三日後のことだった。

「Dr．トオノ、大至急、王女の病室へ行ってもらえませんか」

昼過ぎに緊急コールで呼び出され、鷹臣は王女の病室に駆けつけた。ちょうどその日は王立病院の一室で、精巧な医療用３Ｄ模型を使った指導を行っていたのだが、大至急とは穏やかではない。

「どうなさったんです？」

ノックもそこそこに病室に入った鷹臣の目に飛び込んできたのは、弱り切った顔のイスハークとベッドで泣きじゃくる王女の姿だった。

「先にお見舞いに来ていたナーセルが、うっかり鏡を見せてしまったのです」

目を丸くした鷹臣に、イスハークが小声で説明する。

開頭する可能性があったため、サラーヤの頭は手術前に丸坊主にされている。だが、剃毛されたことをサラーヤ本人は知らされていなかった。

そして帰国したばかりのナーセルにも、そのことは伝わっていなかったらしい。

家族の面会が許されるや否や見舞いに訪れた弟に、サラーヤは手鏡をせがんだという。

おそらく、サラーヤは傷口がどうなっているかを知りたかったのだろう。だが、鏡を見た瞬間、目に飛び込んできたのは、自慢の髪の毛をすべて失った自分の姿だった。

「ナーセルに悪気はなかったと思うのですが」

「なるほど……」

泣き出したところにイスハークが来たらしい。動揺するナーセルをひとまず帰らせたものの、サラーヤはもうずっとこの調子のようだ。

髪のことを気にできるほど回復したのは喜ばしい。だが見た目を気にする年頃の少女が受けたショックの大きさは想像に難《かた》くない。

「ごめんなさい叔父様……命が助かっただけでも感謝しなければならないのはわかっているわ、でも」

「サラーヤ……」

「すぐに生えるとか、カツラを被ればいいなんて問題じゃないの……！」

斜めに背を起こしたベッドでサラーヤはしくしくと泣き続けている。

日本でも、古来より「髪は女の命」というくらいだ。また生えてくるとはいっても、伸びるまでに味わう切なさや恥ずかしさは察するに余りある。

（……よし）

意を決し、鷹臣は踵を返した。

「失礼、すぐに戻ります」

困り果てた顔のイスハークに一礼し、大股で病室を出る。そしてナースセンターで石鹸《せっけん》とカミソリを借り、手洗台の鏡の前で立ったまま髭をあたり始めた。

（頑張って伸ばしていた髭だけど、ま、なんとかなるだろ）

日常的に髭を剃《そ》る文化の中で生きてきた自分にはないほうが自然なくらいだ。

通りかかった看護師がぎょっとした顔で立ち止まったが、鷹臣は気にすることなくすべて剃り落とし、再び王女の病室へと舞い戻った。

「トオノ!?　どうしたのですか、その顔は!?」

妙にさっぱりとした鷹臣の顔を見て、ふたりが息を呑む。

鷹臣はついでとばかりにクーフィーヤとイカールも取り去った。

「どうでしょうか、王女様。この通り、私も髭を剃って参りました。おあいことは言いませんが、これでお許しいただけませんか」

「……!!」

この国では、髭を生やすことが一人前の成人男子の証《あかし》となる。

髭を落とすことは、この上ない辱《はずかし》めとされ、たとえそれが外国人であっても「男として認めない」人間すらいると聞く。今後、そのような場面が出てこないとも限らないが、髭ひとつで軽んじられるなら、それはもう価値観の違いでしかないのだから仕方がない。

イスハークは唖然としていたが、急にはっとしたように口許を押さえた。

「……陛下？」

「すみません、ちょっと……」

言葉を濁《にご》しながら、そそくさと病室の洗面所に消える。

まさかとは思うが、髭を剃った鷹臣の顔に、吐き気を催《もよお》したのだろうか。

「………」

サラーヤの心を鎮《しず》めたい一心だったが、早まったかも知れない。髭なしドクターは王宮に滞在する者としてふさわしくない、などと言われて国外追放されたらどうしようか。

怖くて王女の顔を見られない。

悪い想像を巡らせていると、イスハークが戻ってきた。

「お、叔父様!?」

サラーヤの叫ぶ声に顔を上げる。

今度は、鷹臣がぽかんとする番だった。

「私も、お揃いです。これで、自分だけが恥ずかしいなんてことはなくなりましたよ」

イスハークが真っ赤な顔で、恥ずかしそうに微笑する。その頬は少年のようにつるりとして、あるべきものがなくなっていた。

「……陛下……」

「なかなか涼しくて、悪くありません。ちょっとヒリヒリしますけど」

大急ぎで剃ったせいか、よく見ると肌がうっすらカミソリ負けしているのがわかる。

(お……俺だけならまだしも、陛下まで……)

——なんてことを。

青くなる鷹臣の隣で、サラーヤがぷっと吹き出した。

お腹を抱え、声を上げて笑い始める。

「もうっ……叔父様も、トーノセンセイも、ヘンな顔……！」

「そ、そう、ですか？」

イスハークは火照った顔をいっそう赤くして鷹臣を見る。ドキリとして、鷹臣は思わず目を逸らしてしまった。

元々、オズマーン人にしては色素が薄く、童顔のイスハークは、むしろ髭などないほうがしっくりくる。でも、直視できない理由はそれだけではない。

(これほどとは、思わなかった……)

肌を覆うものがないだけに、かえってイスハークの美貌が際立つ。

鷹臣の動揺をよそに、サラーヤが手の甲で涙を拭《ふ》き、にっこりと笑った。

「ああ、なんだかもうどうでもよくなってしまったわ。ありがとう、叔父様、トーノセンセイ」

「王女様《アミーラ》……」

「我儘言ってごめんなさい。ナーセルにも悪いことをしたわ、きっといまごろ海よりも深く落ち込んでるでしょう」

「ナーセルには、私から言っておきます。疲れたでしょう、しばらく休みなさい」

急に恥ずかしくなってきたのか、イスハークは早口でそう言うとベッドの背凭れを寝かせた。

サラーヤが目蓋を閉じるのを見届け、ふたりは病室を出る。

ひとまず丸く収まったはいいが、この後のことを考えていなかった。

「では、これで」

そそくさと歩き出すイスハークを、鷹臣は呼び止めた。

「陛下、少しお時間をいただけますか」

「えっ？　ええ、構いません……けど」

サラーヤの前では平然と振る舞って見せたものの、本音では髭のない顔が恥ずかしいのか、イスハークは俯いている。その手を取り、鷹臣は人目を避けて、近くの空き部屋へと連れ込んだ。

「サラーヤ王女への配慮が足りず、申し訳ありません」

ドアを閉めるなり、鷹臣は頭を下げた。

「いえ、とんでもない。面《おもて》を上げてください」

「俺は外国人だからまだいいとしても、陛下はまずいでしょう」

外国人である自分だけならまだしも、国王であるイスハークまで、軽率《けいそつ》な行動の道連れにしてしまった。責任は重大だ。

「いいえ。あなただけに辱めを強いることはできません」

「辱めなんて……俺はむしろ、髭は毎日、剃るのが当たり前の生活をしてきた人間です。でも、この国の常識では……」

イスハークは優しく微笑み、鷹臣に顔を上げさせた。

「常識や伝統とは言いますが……考えてみれば、たかが髭の有無で人を軽んじるなんて、本来あってはならないことです。人間の価値に髭は関係ないのだと、どうせなら王である私が身をもって世に知らしめるのも悪くない試みではないかと思うのですよ」

「……もしかして、今後もずっと剃り続けるおつもりですか？」

「いけませんか？」

俯いていた理由は、髭とは関係ないらしい。

きょとんとするイスハークに調子を狂わされる。

「良い悪い以前に、アブドルラハマーンが見たら卒倒するかも知れませんよ。今回のことだけでも顔を真っ赤にしそうなのに」

「たしかに、かなり怒られるでしょうね」

仁王像のような顔で怒り狂うアブドルラハマーンの姿が容易に想像できる。

イスハークも同じような想像をしたらしい。ぷっと吹き出し、鷹臣もつられて吹き出すと、ふたりとも涙が出るほど笑う。

　笑いが収まると、イスハークは吹っ切れたように言った。

「ああ、髭を剃ったら、なんだかすっきりした気分です。なかなか生えなくて、髭のカツラをつけようかと悩んだ時期もあるくらいですから」

「そんなものがあるんですか？」

　日本にも陰毛のカツラがあるくらいだから、髭のエクステや付け髭などがあってもおかしくはない。むしろこの国では珍しくないのかもしれない。

「ええ。少年時代にこっそりつけたりもしましたよ」

「そんな……。こう言ったら失礼かも知れませんが、髭のない陛下も素敵ですよ。男性に対する形容ではないとわかっていますが、……美しい」

　患者の家族に対する感情以上のものが、芽生え始めている自覚はあった。だからこそ、こんな言葉になってしまったのだろう。決してお世辞などではない、心からの讃辞《さんじ》だ。

けれど、イスハークは驚いたように目を丸くして固まった。鷹臣を見上げる顔がみるみる赤くなっていくのを見て、我に返る。

（しまった、失言だったか）

　男という生き物は、どうしていつも、余計な一言を言ってしまうのだろう。

　フォローしようと口を開いたそのとき、廊下からイスハークを探す看護師たちの声が聞こえてきた。なにか急を要する用件があるようだ。至急、宮殿に戻って欲しいと呼びかける声に、イスハークがあっと叫んだ。

「そういえば、今日は来客があるのでした……行かなければ」

「大事なときに、お引き留めしてすみません」

「いえ、忘れていた私が悪いのです。夜ならもっとお話しする時間があるのですが――」

――それは、夜に時間を作って話したいという意味に捉えていいのだろうか？

性懲《しょうこ》りもなく安堵と期待に胸を踊らせる鷹臣に、イスハークがふと振り返った。

「トオノ、ひとつお願いがあるのですが」

ドアノブに手を掛けたまま、顔色を窺《うかが》うような視線をちらりと寄越《よこ》す。

「なんなりと」

「私のことは、イスハークと呼んでくださいませんか。その、親しみというか、そう！　友人として」

――友人として。

念を押されたにも拘わらず、特別な呼称を許されたことに心が昂《たかぶ》る。浮かれるあまり、つい口が滑って軽口が飛び出した。

「よろしいのですか？　不敬罪に問われたりしませんか？」

「しませんよ。王自ら望んだことに、そのような……」

だがイスハークは言葉を切り、思い直したように嘆息した。

「いえ、すみません。いまのは忘れてください。そうでした……この国で、だれも王の命令に逆らえないのを知っていながらこんな我儘を……お願いをするなんて」

　逃げるようにドアを押し開けようとする手を、咄嗟にドアノブごと押さえる。

「イスハーク」

　吐息が耳にかかりそうな距離だったせいか、イスハークがビクッと震えた。甘やかながら、ウード《沈香》にも似た深みのある香りが鼻腔《びこう》をくすぐる。

「な、なんでしょうか」

　絶対君主制のオズマーン王国で、王は孤高の存在だ。近臣や侍従など、取り巻く人間の数は多くても、学生時代のように、親しく軽口を叩き合えるような人間はいない。

　その点、外国人の自分なら、多少の非礼は許容される空気がある。嫌われていないのなら、もう少しだけ、調子に乗ってもいいだろうか。

「どこが我儘なんですか？　どうか俺のこともファーストネームで呼んでください。鷹臣、と」

「――タカオミ……」

　俯いたまま、噛み締めるように名を口にするイスハークの耳が赤く染まっていく。

　それを見下ろしながら、鷹臣はどうしようもない胸の高鳴りを感じていた。

（友人として、か……）

　嬉しい反面、どこか残酷にも感じるのは、やっぱり不埒な心が芽生え始めているからだろうか。たくさんの障壁があるのは承知の上で、それでもイスハークの言動に期待を持ってしまう。

自分など眼中にないとわかっているのに、仕草や言動に心を揺さぶられる。

「で……では、今夜の晩餐会《ばんさんかい》でお会いしましょう、鷹臣」

腕の中から逃れるように、イスハークはするりと出ていった。

そういえば、今夜は王主催の晩餐会が開かれるとアリから聞いていた気がする。

たしか、王女の手術が成功した祝いだと言っていた。主賓《しゅひん》として招かれていながら、すっかり忘れていた自分に苦笑いする。ワーカーホリックという自覚はないが、仕事以外のことは忘れがちだ。

すっきりとした顎を撫でながら、鷹臣は大きく息をついた。

(それにしても……俺にまであんなに気を遣って……疲れないいんだろうか)

この国で、王の言葉は絶対だ。

ささやかな「お願い」でも、自分の口から出た瞬間から強制と同じ効力を持つことを、イスハークは知っている。だからいまみたいに、肝心なところで一歩、引いてしまうのだろう。

もしかしたら、運命の人に巡り会わなかったという彼の言葉も、あながち冗談ではないのかも知れない。たとえ恋をしても、思いを告げる前に、相手の負担になることを考えて踏みとどまってきたのだとしたら。

(俺が、逆にその一歩を踏み込んでみたら……って、なにを考えてるんだ、俺は)

本気になってはいけないとブレーキをかける気持ちと、もっと距離を縮めたいという願望とが拮抗《きっこう》する。

オズマーンの国教の戒律では、たしか同性愛を禁じていた。だが異性と恋愛することですら考えもしないイスハークが、ましてや同性になど興味を持つとは考えにくい。

(参ったな……)

甘くて、苦しい。

この感覚がなんであるか、鷹臣はよく知っていた。

王の広間での晩餐会は王族から近臣貴族を招いた盛大なものだった。

五百人以上余裕で収容できるという王の広間は王家の栄華そのものだ。主賓である鷹臣は王のすぐ近くに席を設《もう》けられ、同じテーブルにナーセルやアブドルラハマーンなど王に近しい者たちが顔を揃える。

白繻子《しろじゅす》のテーブルクロスがかかった長テーブルにチキンやマトンを使ったオズマーンの伝統料理が並ぶ。オズマーン王国の国教の教義では飲酒を禁じられているため、酒の代わりにリンゴ果汁を炭酸水で割ったものにスライスしたオレンジとミントリーフを浮かせた飲み物が饗《きょう》されていた。

「陛下がお優しいのを良いことに、このような……臣下や国民に示しがつきません」

案の定、イスハークの髭剃り事件はやはり宮殿内で物議を醸《かも》したようだ。中でもアブドルラハマーンは怒り心頭《しんとう》らしく、王の御前だというのに、先程からちくちくと嫌味を言っている。

「強制したならいざ知らず、立派に成人した大人が自分でやったことですよ。それに、髭ひとつで王女が笑ってくださったのだから、安いもんじゃないですか」

涼しい顔で答え、鷹臣はフィッシュケーキを口に運ぶ。このあたりは海が近いため、オイスターなどの新鮮なシーフードが豊富に手に入るのだ。

「……。異教徒のあなたに、この国の伝統や文化を理解しろというほうが無理な話でしたかな」

「異教徒だからっていうのはちょっと違うな。オズマーンではオズマーン人のようにしなさいっていう諺《ことわざ》に、ちょっとだけ融通を利かせることにしただけですよ、アバダケタブラーン」

「アブドルラハマーンですっ！　陛下も、笑い事ではございませんぞ！」

頬を痙攣《けいれん》させながら突っかかってくるアブドルラハマーンと、それを適当にいなす鷹臣、笑いを堪《こら》え肩を震わせるイスハーク。和《なご》やかな光景にナーセルは目を丸くしていたが、鷹臣はどこ吹く風だ。

晩餐はのどやかに進み、カルダモンが香るコーヒーを最後につつがなく終わった。

部屋に戻ろうとした鷹臣に、背後からイスハークが声を掛ける。

「鷹臣。少しだけ、いいですか」

「どうかされましたか？」

「特に用というわけではないのですが、散歩でもご一緒にどうですか」

夜更けに、ひとり庭の散策をすることがイスハークの日課らしい。

誘われるままに、アーチが幾つも連なる回廊を歩いて王宮の中庭《パティオ》へと出る。

目につかぬよう護衛官が配置されているのだろうが、気配は感じられない。小姑《こじゅうと》のように付き従っているアブドルラハマーンもいまはおらず、ふたりきりだった。

「王宮での生活には、もう慣れましたか？」

石造りの階段を並んで降りながらイスハークが訊ねる。

「ええ、病院でもみながよくしてくれます。アリもよく面倒をみてくれますし、快適ですよ」

「無理を言って長期滞在していただいているのですから、当然です。それより、クーフィーヤとイカールの着用をおやめになったのですね」

鷹臣は苦笑いし、なにも被っていない髪を軽く掻《か》き上げた。

「正直言って仕事のとき以外、頭になにも被りたくないんですよ。病院内にいれば砂も日差しも関係ないし、髭のついでに撤廃《てっぱい》してみました」

「そうだったのですね……私たちにとっては身体の一部のようなものですが……」

冷たい夜風が頬を撫でた。昼間は灼熱のごとく暑い日もあるが、夜になると軒並み気温が下がる。日本の夏より乾いているためか、夜は過ごしやすい。

「それにしても、美しい庭ですね」

夜の中庭は幻想的だ。

咲き乱れる薔薇《ばら》やオレンジの木。小径は天人花《てんにんか》の生け垣に囲まれ、ふたつの噴水が青白くライトアップされている。揺れる水面に尖塔が映り込んでいるのを眺めながら、どちらからともなく大理石の噴水の縁に腰を下ろした。

「中東原産の薔薇は香りが強いと聞きましたが、これほどとは」

静かに水が流れる音が響く中、ムスク・ローズの芳香が夜風に乗って忍び寄ってくる。

イスハークが纏う香とはまた別の、濃密で官能的な香りだ。アルコールなど一滴も口にしていないのに、軽い酩酊《めいてい》感に襲われる。

「薔薇と言えば、砂漠にも砂の薔薇があるんですよ」

「デザートローズですね。聞いたことがあります。実物は見たことありませんが」

「それなら、近いうちにお目にかけましょう。とても美しいのですよ」

「楽しみです。でも、きっとあなたのほうが、……」

大理石の上に置かれたイスハークの手に、偶然を装って自分の指を重ねる。一瞬、驚いたように力が入ったのがわかったが、振り払われることはなかった。

単なる偶然と思っているのか、それとも受け入れる気があるのか――否、おそらく前者だろう。サラーヤの手術が無事に終わったことで胸のつかえが取れたのか、今夜は表情が明るい。

そのせいで気持ちまで開放的になっているのかもしれない。

なにげない会話を続けながら、イスハークの横顔を盗み見る。少し頬が赤いのは、気のせいだろうか。

――このまま抱き寄せて、唇に口接《くちづ》けたい。

うすく色づいた、滑らかな肌に触れてみたい――身の裡《うち》の欲望を押し隠し、鷹臣は激しい鼓動をどうにか鎮めようと努力する。

いい歳をした大人の男が、まるで中高生のガキみたいだ。

セクハラすれすれのラインで、叶わない想いに抗《あらが》おうと必死に足掻《あが》いている。

(まさか、こんな遠い異国の地で、恋に落ちるとは思わなかったな……)

心の中で、そっと溜息をつく。

重なったままの指先の感触を、イスハークはどう感じているだろう。自分ほどでなくてもいい。伝わる体温を、少しでも意識してくれていることを願ってしまう。

相手は一国を統《す》べる王で、自分などが手が届く人間ではないとわかっている。ましてや自分は同性で、信仰する宗教の違いという枷《かせ》もある。サラーヤの件がなければ、出会うこともなかっただろう。

(——ばかだな、俺も)

勘違いしてはいけない。

イスハークが自分に隔てなく接してくれるのは、医師と患者の家族という関係だからだ。

一国の王と親しく口がきけるだけでも希有なことなのに、いま以上のものを求めるなんて過ぎた望みでしかない。

「そういえば、昼間の来客には間に合ったのですか?」

少しでも長くこうしていたくて話題を振ると、イスハークは頷いた。

「あ……はい。我が国でいま、ヨーロッパやアメリカの有名大学の分校を誘致する計画が進んでいるのです。その関係で、欧米から多くの知識人をお招きしているのです」

女性の教育と社会進出のために尽力した母マリアムの貴志を引き継ぎ、イスハークは大学都市計画を実現することにいま力を注いでいるらしい。そしてそれはイスハークからいずれ、サラーヤに引き継がれる夢でもあると熱く語る。

王室生まれの女性として初めて、国内に新設する大学で学び、いずれはこの国の教育文化を担っていく――サラーヤ自身もそんな未来地図を思い描いているらしい。サラーヤが健康を取り戻せば、いずれその夢も現実になるだろう。

「女性の社会進出は西洋化の第一歩でもあります。病院や学校を増やし、いずれ医療費や教育費もすべて無料にしたい。サラーヤのためにも、この国の未来のためにも、実現させてみせます」

王としての夢や希望を打ち明けるイスハークの瞳はとても輝いていた。それは自分に心を許してくれた証のようで、鷹臣も自然と笑顔になる。

「イスハークは、この国を西洋化したいんですか？」

「この国の伝統を大事にしつつ、見習うべきところは見習うというのが私の政治方針です。とはいえ宗教問題が絡むので一朝一夕《いっちょういっせき》にはいきません。矛盾《むじゅん》するようですが、西洋の文化に触れる機会が多い上流階級ほど保守的で、女性が表に出ることを嫌う人間が多いのも事実なのです」

「たしかに、宮殿内施設は男女で居住区を分けられていたり、王立病院でも女性看護師の数が少ないですね」

「ええ。国教の戒律はモラルの部分で守られるべきですが、宗教問題で争いが起きている現状には心が痛みます。もっと開けた、寛容な社会を作っていけたらと……日本のように」

日本の社会が、はたして真に寛容かどうか、鷹臣には判断がつかない。けれども、イスハークはそのように信じているようだ。口調が熱を帯び、身振りを交えた瞬間に重なっていた指先が離れる。

（あ……）

思わず追いそうになった手を、すんでのところで握り締める。

もっと距離を縮めたい――それは望んではならないことだ。その先に待っているのは、自身の処刑か、あるいはもっと恐ろしい、イスハークの信頼を失うこと。

（イスハークの笑顔を見られなくなるくらいなら――）

この国に長くは留まれない身で、無責任なことはできない。

「……鷹臣？　どうしたのです？」

上の空でいることに気づかれたらしい。

「え？　いえ、すみません。なんでしたか？」

「私から、お願いがあるのです。聞いてくれますか？」

いつになく真顔で見つめられ、ドキリとした。

「なんでしょうか」

「鷹臣のお陰で、もっと日本が好きになりました。いつか日本にも行ってみたい。それで、あの……私に日本名をつけて欲しいのです」

「日本名!?」

どうやら、知らぬ間にターヒルが半端な知識をつけたらしい。

（い……いいのか……？）

名前は神に与えられるものだと、アブドルラハマーンは言っていた。少しからかっただけでもあんなに激怒するところを見ると、この国の人間にとって、名前というものは、呼称という以上に神聖なものなのではないだろうか。

だがイスハークは「だめですか？」などと仔犬のような目で鷹臣を見ている。

（い…椅子《いす》把握《はあく》とか？　いやだめだ、わけがわからないし、キラキラネームですらない）

やや間を置いて、鷹臣の気の抜けた声が響いた。

「い……『いさく』はどうですか。響きも似てるし」

「イサク！　素晴らしい！　どんな漢字を書くのですか？」

「漢字……ですか……」

親日家というだけあって、日本語に詳しいようだ。

帰化した外国人か、もしくは暴走族の当て字みたいなものでいいのだろうか。

鷹臣は躊躇《ためら》いつつもその辺に落ちていた木の枝を使い、『伊作』と地面に書いた。

「伊で〝い〟、〝作〟で〝さく〟と読ませます」

「嬉しい、なんだか違う自分になったみたいです」

イスハークは目を輝かせて喜び、鷹臣を真似て木の枝を手にする。

薄明るい中庭の照明の下、男ふたりがしゃがみ込んで地面に落書きしている様は、傍から見れば、さぞかしおかしな光景だろう。だがイスハークは楽しそうだ。

「惜しい、作の横棒が一本多い」

「あっ……ええと……こう、ですか」

お手本を見ながら一生懸命、カリカリと地面に線を引っぱっている。

(俺なんかが、適当につけた名前を、こんなに喜ぶなんて……)

二十代も半ばの男性に、ふさわしい形容ではないだろう。それでも、身分や性別など関係なしに、可愛いと思ってしまう。価値観や習慣の差を越えて相手を理解しようと踏み込んでくるイスハークはいじらしくて、愛おしい。

(──違う自分、か)

そう言ったイスハークは、心の底から嬉しそうだった。

国王とは言っても、まだ、二十四歳の青年なのだ。

留学中に呼び戻され、王位に即《つ》いてからずっと、イスハークには真の意味で自由はなかったのかも知れない。民を気遣い、国策に思惟《しい》を巡らせる彼も、たまには王としての責務や憂い事から逃れ、違う自分になってみたいと思う願望があってもおかしくないのだ。

「ほら！　書けました。これでどうです？」

イスハークが、得意げに顔を上げる。

「……。お上手です」

このまま、時間が止まってしまえばいい。

それが無理だとわかっているから、せめて自分といるときだけは、つらいことすべてを忘れていて欲しい。

無邪気に喜ぶイスハークを眺めながら、柄《がら》にもないことを考える。

その夜、束の間に重なった指先は、いつまでも熱を帯びていた。


イスハークが鷹臣の私室を訪ねてきたのは翌日の夕方だった。

国王がひとりで客人の部屋を訪れるなど滅多にあることではない。取り次いだアリは驚きと緊張に顔を強張《こわば》らせている。

ちょうど病院から戻ってくつろいでいた鷹臣は、息を切らせるイスハークを見た瞬間、部屋を飛び出そうとしたほどだ。

「どうかされたのですか？　まさか王女になにか……」

王女の病室へは朝と夕に訪れている。ついさっきも、見舞いに訪れたナーセルと機嫌よく話している姿を見たばかりだ。

「いえ、そうではないのです。鷹臣に、これを差し上げたくて」

「？」

早々にアリを下がらせたイスハークが、鷹臣の右手を取った。わけもわからないまま手を開くと、大事そうに握ってきたものを乗せられる。

「その、小さいのしか、見つからなかったのですが」

掌に乗せられたのは、ひょうたんのような形をした『砂漠の薔薇』だった。

大きさは、およそ五センチ四方くらいだろうか。扇形の桜貝のような結晶がたくさん集まり、名前の通り薔薇のはなびらのように重なっている。形成されていく段階でふたつの薔薇が繋がり、雪だるまのような形になったらしい。

(待てよ……〝見つからなかった〟って、いま)

聞き間違いではないはずだ。

「もしかして、これ……俺のために、探しに行ってくださったのですか？」

「はい。どうしても、お見せしたくて。昨日の、名前のお礼と思って受け取ってください」

いつか見られればとは思っていた。

だが、まさか、王自ら砂漠で採取してきてくれるとは思ってもみなかった。

聞けば、執務の合間に、こっそりと宮殿を抜け出したらしい。

(嘘だろ……そんな)

ボディガードを伴《ともな》ってとは言うものの、国境付近の砂漠は安全とは言い難い。思い切った行動に冷や汗をかきつつも、心の底から喜びが込み上げてくる。

（——俺の、ために……）

嬉しいなんて言葉では言い表せない。

「ありがとうございます。一生の宝物にします」

「そんな、たいしたものじゃないのに、そんなに喜んでもらえるなんて」

「いいえ、イスハーク。たいしたものじゃないなんて言わないでください。あなたが、くださったことに価値があるんです」

「そ……そう、ですか？」

イスハークがはにかむように顔を赤らめる。

（ああ……やっぱり、諦め切れない）

こんなことをされたら、ますます好きになってしまう。胸中で暴れ狂う愛おしさをなんとか抑え込み、鷹臣は砂漠の薔薇を掌で大切に包み込んだ。

「陛下にこんなことをさせたなんて、アブドルラハマーンが知ったら殺されますね」

無事に戻れたからよかったものの、なにかあってからでは遅いのだ。アブドルラハマーンでなくとも肝《きも》が冷える。

「内緒で行ったので、大丈夫です。立場的なこともありますが、彼は私のことを心配しすぎなのです」

「だけど、それもあなたを慕っている故のことなのでしょう？」

初対面から反りが合わないところを見てきたせいだろう。

イスハークは目を瞠り、それから小さく笑った。

「ちゃんと、わかってくださっていたのですね」

「アブドルラハマーンの……いえ、みなの気持ちが、いまは痛いほどわかります」

「？」

いつも、こんなふうに、無防備で、一生懸命で、けれどそれ故に人の心を惹《ひ》きつける。利他的《りた》で、人を喜ばせることを好み、優しさと芯の強さを合わせ持つ。そんなイスハークだからこそ、だれの心にもスッと入ってこられるのだ。

壮絶な過去や重責を背負いながら、どうしてこんなに純粋でいられるのだろう？

彼に惹かれない人間がいたら、お目にかかりたいくらいだ。

「美しい……ですね」

鷹臣は呟き、ころんとした砂漠の薔薇をテラスから差し込む夕陽に翳《かざ》した。

ふたつと同じものがない砂漠の薔薇は、鉱物のようでもあり、宝石のようでもあり、不思議な煌めきを纏っている。

（まるでイスハークのようだ……）

ふと隣を見ると、イスハークの手に、石膏《せっこう》のような粉がついていた。はなびらを縁取る部分の白い結晶が、付着したようだ。

「イスハーク、手が汚れていますす。これを」

「あ……これは、いいのです」

鷹臣が差し出したハンカチを断り、イスハークは大事そうに白い粉を手首に擦りつけた。不思議な行動に目を瞬くと、イスハークが照れたように微笑んだ。

「おまじないです」

「なにかいいことがあるんですか？」

「内緒です」

そんなことを言われると、尚更気になる。

ふと見ると、イスハークの鼻の頭にも砂粒がついていた。

砂漠の薔薇を握り締めたまま、鏡を見る間もなく、この部屋までやってきたのだろう。日焼けでもしたのか、頬一帯に火照ったような赤みがさしている。

（おまじないといい、本当に可愛い人だ……）

つと手を伸ばし、指の腹でイスハークの鼻先を優しく払った。

オズマーン人的要素と西洋人的外見が絶妙に混じり合った、気品のある顔立ち。それが一瞬で硬く強張り、鷹臣はハッと手を引いた。

「申し訳ない！　顔に砂がついていたので……すみません、王の玉体《ぎょくたい》にみだりに触れたりしてはいけなかったんでしたね」

イスハークが慌てたように両手を振り回した。

「いえ、違います、それは、アブドルラハマーンが勝手に言ったことで」

「でも、不快だったでしょう？　謝ります」

礼儀を通したつもりだったが、イスハークにはそれが心外だったらしい。珍しく怒ったような顔で言い返してくる。

「謝らないでください。不快だなんて……不敬だとか、あなたには気にして欲しくありません。私は、王としてでなく、ひとりの人間として扱ってくださったことが、……」

そのとき、ドアをノックする音が響いた。鷹臣が返事をすると、部屋の外で控えていたアリがやや緊張した顔を覗かせる。

「お話中、申し訳ありません。執務室長から至急の問い合わせが参りまして……」

アブドルラハマーンを始めとする近臣の者たちが、血相を変えてイスハークを探しているらしい。宮殿を抜け出してからすでに数時間、王が姿をくらましたことがそろそろ騒ぎになり始めているようだ。

「……もう、行かなくては」

話の途中だったが、イスハークは立ち上がった。

聞けば、明日から三日ほど、隣国首脳との会談で国を空けるらしい。政務の合間にとは言いながら、片付けなければならない仕事は山ほどあるようだ。

(三日も会えないのか……)

――このまま、帰したくない。

咄嗟に、部屋を出ていこうとするイスハークの右手を摑む。

「イスハーク、今夜も庭に？」

捕らえた手に力を込めると、なぜか小刻みな震えが伝わってきた。

「そ、そのつもりです。あの、手を」

「ご一緒したら、お邪魔ですか」

図々《ずうずう》しいと、呆《あき》れられるのを覚悟で訊ねる。

だが、イスハークは背を向けたまま、首を横に振った。身に纏うフランキンセンス《乳香》の甘い香りが微《かす》かに漂う。

「では今夜、庭でお会いしましょう」

手を離すと、イスハークは逃げるように部屋を出ていった。

(強引だったかな……)

つい、地が出てしまった。

乱暴にしたつもりはないが、怖がらせてしまったかもしれない。

「お疲れ様でした、トオノ様」

やがてイスハークを丁重に送り出したアリが戻ってくる。まだ緊張と興奮が収まらないのか、ひどく強張った表情だ。

「きみたち貴族にとっても、国王陛下はそんなに恐れ多い存在なのかい、アリ」

「あ、いえ、……陛下と、こんな近くでお会いしたの、初めてだったので」

「そうか！　でも、素敵な方だろう？　気取りがなくて」

「……はぁ……」

アリは動揺したまま、お茶の支度をすると言って出ていった。よほどびっくりしたらしい。

たしかに自分も初めて会ったときは、イスハークの気取りのなさに驚いたものだ。

さして気にも止めず、ふと思い出したことをアリに聞いてみる。

「そういえばアリ、砂漠の薔薇に纏わるおまじないを知っているか？」

「おまじない、ですか？」

「例えば、砂漠の薔薇の粉を塗りつけると肌が綺麗になるーとか、そんな迷信」

「美肌効果は聞いたことありませんが、砂漠の薔薇の粉を手首につけておくと、恋愛が成就《じょうじゅ》するという言い伝えならありますよ」

「恋愛のおまじないか……」

ふんわりと浮き立っていた気分が一瞬で消え去った。

（ということは、イスハークは……）

恋をしている。まだ成就していない、片想いだ。

いままで巡り会えなかった運命の相手に、とうとう巡り会えたのかも知れない。

あのイスハークが惚れる相手なのだから、きっと素敵な女性に違いない。

細く、溜息をつく。

（そうか……そうだよな）

結婚はできなくても、恋愛はできる。

最初から、自分などには手が届かない存在だった。だから、却ってよかったのかも知れない。

これで諦めることができる——なんて、思える柄じゃない。

諦めようとすればするほど想いが募る。障害があればあるほど燃え上がる。気づいたときにはどうにもならなくなっている。

本当に、恋という病はたちが悪い。

「トオノ様、そのようなお相手でも？」

「ん、……いや」

アリに出されたコーヒーカップに口をつける。

（……俺も、諦めが悪いな……）

今夜、どんな顔をして会えばいいのだろう。

飲み干したコーヒーは、いつもより苦かった。


夜も更けるころ、鷹臣は人目を忍ぶようにして部屋を出た。

あれから悶々《もんもん》とときを過ごし、砂漠の薔薇を眺めては溜息をついていた。お陰で豪華な夕食の内容すら覚えていない。王女の容態が芳《かんば》しくないのかと、アリに心配されたほどだ。

ざわつく心を鎮めながら、足音を立てないように、中庭へと向かう。

（——あ）

冴えた月明かりに照らされて、裾を引きずる白い衣から薄い影が伸びているのが見えた。

つい昨日、日本名を書いてはしゃいだ噴水のほとりに、イスハークは立っていた。

想い人のことでも考えているのだろうか。どことなく思い詰めたような瞳で、揺れる水面を見つめている。王にのみ着用を許される黄金のイカールと月明かりが相俟って、まるで彼自身が発光しているように美しい。

「……こんばんは、陛下」

儚《はかな》げな色の瞳が、鷹臣を見つけた途端にぱっと輝いた。

「鷹臣！　なかなかいらっしゃらないので心配しました」

「お待たせして、すみません」

水の流れる音だけが中庭に響いている。

どこへともなく連れだって歩きながら、鷹臣は口火を切った。

「砂漠の薔薇のおまじない、アリに聞きました」

前置きなしのその言葉に、イスハークが足を止める。

「陛下は、どなたかに恋をなさっておいでなのですね」

「そ、れは」

単刀直入に斬り込むと、イスハークはしどろもどろになった。意味のない身振り手振りをしながらみるみる顔を赤くする。

（……図星か……）

初心な少年のような反応を見るにつけ、心臓がじくじくと痛み出す。

イスハークの心を捕らえるなんて、いったいどんな女性なのだろう。知りたいような、知りたくないような嫉妬《しっと》と思慕がせめぎ合う。

「陛下みたいな素敵な男性に思われるなんて、幸せな方ですね」

「そう……でしょうか？　相手は、私など眼中になさそうですが……」

「それはきっと、相手が鈍《にぶ》くて気づいてないだけでしょう」

イスハークは押し黙った。

愛しても、結婚はしない――そう決めているから、告白できないでいるのだろうか。

相手の気持ちを先読みしすぎて、あと一歩を踏み込めないでいるのだろうか。

けれど自分は、イスハークのように、黙って恋に身を焦《こ》がすなんて柄じゃない。

「お相手がもし、俺だったら、天にも昇る気持ちですよ」

「本当ですか」

「ええ。まぁ、俺はゲイですから、女性とは恋愛経験ないんですけどね」

さらりとカムアウトすると、イスハークが息を呑んだ。ただでさえ大きな瞳を、零れんばかりに見開いて固まっている。

（……もう、後戻りはできない）

次に聞くのは、死刑宣告だろうか。

それとも、軽蔑《けいべつ》の眼差しだろうか。

鷹臣は、すぅっと大きく息を吸い込む。

「でも、男ならだれでも良いというわけじゃないんです」

イスハークがだれを愛していようと関係ない。

元来《がんらい》、恋なんてものは身勝手な感情なのだ。報われないとわかった上でなお諦め切れないのならば、いっそのこと当たって砕けてしまおう。

「イスハーク、俺は、あなたが好きです」

潔《いさぎよ》く散る覚悟で言い放った後には、長い沈黙が待っていた。

「――……」

イスハークは、瞬きもせずに鷹臣を見上げている。

きっといま彼の頭の中はパニック状態なのだろう。今後もしばらく顔を合わせるであろう相手から、思いも寄らぬ告白を受けたのだから、無理もない。真っ赤な顔で口を開いたが、唇が空ぶって言葉にならない様子だ。

やがて、たまらずといった体《てい》で鷹臣に背を向けると、逃げるように走り去ってしまった。

「待っ……」

想定外の行動に、思わず伸ばした手が虚《むな》しく宙を摑む。

だが、それ以上はどうすることもできず、鷹臣は天を仰いだ。

イスハークの残り香を含んだ夜風が頬を撫でる。

（……やってしまった）

困らせるとわかっていても、伝えたい気持ちが止められなかった。イスハークがなにを言おうとしていたのかが気になったが、宮殿内に消えた彼をいまから追う勇気はない。きっと、答えがないことが答えなのだろう。

(走って逃げられて終了……か)

水の流れる音だけが虚しく響いている。

無様《ぶざま》に振られた鷹臣を、青白い月が嗤《わら》っているようだった。

翌日の夕刻のことだった。

「これは……？」

失恋の痛手と未練を引きずりつつも一日のタスクをこなし、病院から戻ってきた鷹臣は、文字通り山のような贈り物に唖然とした。

アリが困惑顔で分厚い書類を差し出してくる。

「宝石を鏤《ちりば》めた半月刀《ハンジャル》、指輪や時計に金の延べ棒、最高級のペルシャ絨毯、まだまだありますが、とりあえず目録に目を通していただけますか」

すべて国王からの届け物だと言う。

「……届けに来た使者はなんて？」

「それが」

王宮からの使者はアリ以上に困惑しており、イスハークからの贈り物とだけ告げると早々に帰ってしまったらしい。鷹臣も金銀財宝がどっさりなどという状況は、アラビアンナイトの物語中でしかお目にかかったことがない。

（王女の手術の謝礼なら、もう振り込んでもらってるし……）

すでに充分な額の謝礼を、しかるべき機関に寄付という形で受け取っている。医療報酬以外の付け届けは断るようにしているし、なにか手違いがあったとしか思えない。

「どういたしましょうか」

問い質《ただ》そうにもイスハークは今朝から隣国に赴《おもむ》いている。戻るのは三日後だ。

「とりあえず、部屋の空いているところにでも置いておいてくれ。陛下がお戻りになったらお返しする方向で話をしよう」

王立病院でなら、そのうち会う機会もあるだろう。

鷹臣がサラーヤの病室に顔を出すとき、見舞いに来ているイスハークと鉢合わせることも少なくない。そのときに廊下にでも連れ出して話せばいい。

あんなことがあった後で、顔を合わせるのはたしかに気まずい。だが、三日も時間を置いたあとなら、少しは気持ちを切り替えて、冷静に話せるはずだ。

（あからさまに避けられたら、……いや、そのときはそのときだ）

深く考えないようにして、お守りのようにポケットに忍ばせた砂漠の薔薇をそっと触る。

――だが、イスハークからの贈り物が届いたのはその日だけではなかった。

「あのう、またお届け物が……」

翌日も、翌々日も、王宮からはたくさんの高価なプレゼントが届いたのだ。

贈り物は決まって鷹臣が留守をしている間に届けられ、物理的に持ち運びできないものは目録で渡される。贈られる理由に心当たりがない、と王宮からの使者に伝えさせても、王から承《うけたまわ》ったと言うばかりで、早々に立ち去るらしい。

（さすがに、これは……）

一部屋を埋め尽くすほどの金銀財宝を前にして、鷹臣は途方に暮れた。こんなことが続いたら、寝る場所がなくなってしまう。

「アリ、目録に油田が入ってるんだが、これは普通のことなのか……？」

アリから渡された目録を斜め読みしながら額を押さえる。

「はい、富裕層なら割とありますね」

「……嬉しくない……」

桁違いの金銭感覚に目眩がする。なぜ、そんなものを贈られるのかわからない。

第一、もらっても運営できない。

「それにしても。三日も続くと、まるで婚約の贈り物のようですね」

「そんな風習でもあるのかい？」

「はい。この国では、男性が意中の女性に三日に渡って大量の贈り物をし、女性が受け取ったらOK、返したら断るって意味になるんです。……もしくは賄賂《わいろ》か、口止め料か」

最後だけ、アリは声を潜める。

鷹臣は一瞬真顔になったが、すぐに笑い飛ばした。

「イスハーク陛下は清廉潔白《せいれんけっぱく》な方だし、きっとなにかの間違いだろう。明日にはおそらく会えるだろうし、早急に話をする」


翌朝、朝礼が終わると同時に鷹臣はサラーヤの病室へ向かった。

王立病院への「出勤」は、鷹臣の義務というわけではない。請け負ったのはあくまでも王女の手術であり、ピッキングオペの技術指導はオマケのようなものだ。

当然、当直や待機もなく、サラーヤになにかない限り、呼び出されることもない。

王女の容態が落ち着いてからは、暇を見てラクダ・トレッキングに出掛けたり、モスクを巡るなど市中の観光を楽しんでみたりもした。だが、どれもすぐに飽きてしまい、気づけば連日のように「出勤」している。

「おはようございます。王女様《アミーラ》……と、イスハーク陛下」

「おはよう、トオノセンセイ」

病室に入ると、サラーヤが斜めに背を起こしたベッドにちょこんと座っていた。その奥にはイスハークの姿がある。

予想はしていたのに、目が合った瞬間、嬉しいような切ないような気持ちに襲われた。我ながら諦めが悪いとは思う。けれど振られても、進展の可能性がなくても、好きという気持ちはよほどのことがない限りすぐなくなったりはしない。

サラーヤの前ということもあり、鷹臣は何事もなかったように努めて明るく振る舞った。

「お会いするのは三日ぶりですね、陛下。会談、お疲れ様でした」

サラーヤの包帯を解きながら顔色を窺うと、イスハークは曖昧《あいまい》に頷きながらクーフィーヤを摘《つま》んで顔を隠した。やはり鷹臣を避けているようだ。

（……視線も合わせてくれない、か……）

それでも部屋を退出することなく傍にいるのは、やはり患者の家族としてサラーヤのことが心配だからだろう。もう、元の関係にさえ戻れないのだろうかと思うと疼くような切なさが込み上げてくる。

「ねぇ、トオノセンセイ。私、いつ退院できるのかしら？」

大人ふたりのぎこちない空気には気づかないまま、サラーヤが処置中の鷹臣に話しかける。

「おや、これは気が早いですね」

手術の傷口は塞がりかけているが、退院まではまだ遠い。諸々の検査やリハビリも待っている。だが当人はすっかり治った気でいるようだ。

「十六歳の誕生日には退院したいわ」

「お誕生日はいつですか？」

「来月三日！」

「……サラーヤ、我儘を言って鷹お……ドクターを困らせてはだめです」

ベッドを挟んだ向かいからイスハークが小声で窘《たしな》める。相変わらず鷹臣とは視線を合わせないままだが、気遣いや優しさは以前と変わらない。それだけでも、救われた気持ちになる。

「……あと三週間ですか……」

失礼します、と担当の看護師が入室してきた。看護師にあとを任せ、鷹臣はカルテに視線を落とした。

ターヒルを交えて協議した結果、放射線の全頭照射はしないことになった。腫瘍を取り切ったいま、再発のリスクより副作用のリスクを回避するという判断だ。まだ成長途中にある正常な脳がダメージを受けると後々、高次機能障害などの弊害《へいがい》が出ることがある。

「無理なら、外泊でもいいの。その日だけは病院のベッドにいたくない」

サラーヤの闘病生活はもう半年以上にも及んでいる。元々、活発な少女だったようだからいつまでもベッドに縛られているのはつらいのだろう。

「わかりました。王女様《アミーラ》も頑張っていますからね、Dr．ターヒルにも話してみましょう」

「やったわ！　ありがとう！」

サラーヤが、ぱっと目を輝かせる。

「いいのですか、鷹臣」

慌てたようにイスハークが横から口を挟んだ。心配で思わず出てしまっただけかも知れないが、自分をまだファーストネームで呼んでくれたことに、嬉しさと驚きを感じる。

だがそれはサラーヤも同じだったらしい。

「あら、叔父様ったら、ファーストネームで呼ぶなんて珍しい。いつの間にトオノセンセイとそんなに親しくなられたの？」

無邪気なサラーヤの言葉にイスハークが固まった。タイミングよく、包帯を巻き終わった看護師が、「失礼します」と一足先に銀のワゴンを押して部屋を出ていく。

「そ……それはですね」

鷹臣がなにか言う前に、イスハークが語尾を攫《さら》った。

「それはほら、サラーヤ、あなたのことでたくさんお話ししたからですよ」

「そうなの？　でも叔父様って、基本どなたにも上辺は友好的だけど、外国の方とそこまで親しくなさるのは初めてじゃない」

「き、気のせいでしょう。鷹臣だけ特別とか、贔屓《ひいき》なんて、そんなことは」

親日家だから、とでも言っておけばいいのに、イスハークは必要以上に慌てふためいて余計なことを口走る。やましい既成事実などなにもないのに、なんだか傷口に塩を塗られているようで、鷹臣は黙って苦笑いを浮かべるしかない。

「そうかしら……でも、ふたりが仲良くしてくださるのは嬉しいわ。私、トオノセンセイも叔父様もだーいすき」

「私もですよ、サラーヤ。ああ、もう時間が来てしまいました」

妙に汗をかきながらイスハークは腰を浮かせる。このまま執務室に向かうらしい。姪にしばしの別れを告げたイスハークを追いかけて、鷹臣も廊下に出た。

「陛下」

「では、私はこれで」

あの夜のことには一切触れないまま、イスハークはそそくさと背を向ける。

意識しまくっているのは間違いない。これは告白だけでなく、鷹臣がゲイだということも、聞かなかったことにしたいという意思表示だろうか。

それならそれで、仕方がない。でも、あの贈り物のことは訊ねねばならない。

「陛下、お待ちください！」

つい大声を出してしまい、イスハークがびくっと立ち止まる。

通りすがりの看護師にちらりと見られ、冷や汗が浮かんだ。

この機を逃したらもう二度と口をきいてもらえないかも知れないが、こんな人目のある場所で話せる内容でもない。

「あの……ここでは目立つので、下の階のカンファレンスルームで少しだけ話せますか」

手短にすませることを強調すると、意外にもイスハークは素直についてきた。本当はもっとじっくり話したいことがあるけれど、国王は多忙の身でそうもいかない。

「あの贈り物は受け取れません。お返しします」

部屋に入るなり単刀直入に告げると、イスハークが弾かれように顔を上げた。

「なぜです？」

「なぜと言われましても、こちらこそ、あの山のような贈り物の意図をお聞かせください。油田なんかもらっても管理できませんし、困っているのです」

そんなことかというようにイスハークは表情を弛《ゆる》ませた。

「大丈夫ですよ、油田には設備一式つけますから。毎月あなたの口座にお金が振り込まれるだけのことです」

「いや、だからそういう問題では」

「どうしてですか？　砂漠の薔薇はあんなに喜んでくださったのに」

「え？」

「もっと価値のあるものなら、もっと喜んでくれるのではないかと……」

「？？？」

イスハークはきょとんとしている。微妙に話が通じていないようで、鷹臣は言葉を失った。アリが言うように賄賂や口止め料というわけでもなさそうだし、それなら――。

（！　ああ、そうか……）

鷹臣は、王女の執刀医だ。

鷹臣の気持ちは受け入れられないが、振った後で、可愛い姪になにかあったときに困ると思ったのかも知れない。貢ぎ物で機嫌を取って、あの夜はなにもなかったことにして欲しいと、そういうことなのか。

（カムアウトのことも、聞かなかったことにしておく、と……）

自分の中で納得すると、今度はやるせない苦笑が浮かんだ。

医者としてのプロ意識は人並みにあるつもりだ。

仕事に恋愛のいざこざは持ち込まない。

そんな気遣いは、必要ない。

「イスハーク。砂漠の薔薇は、あなたがご自身で探してきてくださったものだから、嬉しかったんです。俺にとって価値があるのは富や権力じゃない。あなたが私のために時間を割《さ》いてくださった、そのお心です。あの贈り物はいただく理由がありません」

「それは……断るということですか？」

「え？　ええ、まぁ、そういうことです」

「そう……ですか。私の……勘違いだったと……」

イスハークは目に見えて落ち込んだ。解《げ》せないという表情から、徐々に悲しみの表情へと変わる。自分の価値観とのギャップに、ショックを受けているのだろうか。

悲しい顔をさせた罪悪感に、振られた切なさまでが重なって、さすがの鷹臣も落ち込む。

「……わかりました。近日中に王宮の者に引き取らせます。でも、どうしても受け取ってもらいたいものがひとつだけあります。贈り物の中に、護身用の半月刀《ハンジャル》があったでしょう」

「ハンジャル……ってあの、黄金の？」

たしかに、そんなものがあった気がする。

宝石が鏤められた、半月型の黄金の短剣だ。

「はい。どうかお守りとして傍に置いてください。鷹臣の身を守ってくれるはずですから」

どうやらこの国の人間にとって、半月刀は実用品を兼ねたお守りらしい。

鏤められた宝石も、単に豪華な装飾というだけでなく、いわゆるパワーストーンのようなスピリチュアルな力で所有者を護《まも》ると信じられているようだ。

恋愛という形ではなくても、鷹臣のことを大切に思ってくれているのは確からしい。それならば、イスハークの厚意を無にはできない。

「わかりました。では、半月刀は、ありがたく頂戴《ちょうだい》します」

イスハークはほっとしたように微笑んだ。


贈り物が引き取られていったのは、それから間もなくのことだった。アリはなにが起きたかわからない様子だったが、宮殿からの使者はもっとわからなかっただろう。

「朝もお会いしましたね、陛下」

夕刻、いつものようにサラーヤの病室に入るなり、鷹臣は肩を竦めた。今日もサラーヤの枕元にイスハークの姿があったからだ。

今日だけではない。昨日も、一昨日も、今朝も。

鷹臣がサラーヤの病室を訪れる時間帯に、必ずと言っていいほどイスハークが見舞いに訪れている。

鷹臣の回診時間はわかっているのだから、時間をずらして来ることもできるはずだ。それなのに、振った相手とわざわざ顔を合わせるような行動を取るのはなぜだろう。

少し前までは、待ち合わせでもしているみたいで、密かに嬉しかったりもしたものだが、いまはイスハークがどういうつもりでいるのか、はかりかねる。

(好きにはならないけど、嫌われたわけじゃない、とか……？)

イスハークへの恋情を引きずる鷹臣にとっては生殺しに近い。

「叔父様は、私じゃなくてトオノに会いに来てるんでしょ」

「な、なにを言うのですサラーヤ」

悪戯《いたずら》な顔で口を挟んだサラーヤを、イスハークは焦った顔で窘《たしな》める。

「でも、執務を抜け出して来てるでしょ。あのうるさいアブドルラハマーンの目を盗んで」

「そ、それは……っ、サラーヤのことが心配ですし、その、私も……顔を見ると、仕事に集中できるので……」

いまのサラーヤの話は、本当なのだろうか。まさかな、と心で否定しつつも、しどろもどろなイスハークを見れば、頬がまるで紅を刷《は》いたように赤い。だがベッドを挟んでじっと見つめると、露骨《ろこつ》に避けられてしまった。「今宵はそろそろ」などと、ぎくしゃくした態度のまま、病室を出ていってしまう。

「どうしたのかしら、叔父様」

「…………」

暗黙の了解で、なにもなかったことにするのなら、もっと自然に振る舞ってくれてもいいのに、と、つい身勝手なことを考える。

しらばくれてサラーヤと少し会話し、時間差で退出すると、驚いたことにイスハークがエレベーターの前で待っていた。ばつの悪い顔で、視線を逸らしながら声を掛けてくる。

「鷹臣、少しいいですか」

例の件で、なにか言いたいことでもあるのだろうか。脳内で、都合のいい妄想と悪い妄想が同時上映されて鼓動が速まる。

「では、こちらで伺《うかが》いましょう」

立ち話というわけにもいかず、近くのカンファレンスルームに入る。

サラーヤの治療方針についてチームと幾度も協議してきたその部屋は、ファイルの詰まった書架やテーブル、ホワイトボードなどが置かれている。自分を振った相手とふたりきりという状況に鷹臣は緊張したが、それは相手も同じだったらしい。

イスハークはドアを閉めるなり、つっけんどんになにかを差し出してきた。

「受け取ってください」

差し出されたのは白い封筒だった。

訝《いぶか》しみながら受け取ると、宛名は鷹臣になっている。

「これは……？」

「手紙です。高価なものは受け取れないと言われたので、私なりに考えました」

よもや絶縁状がとビクついたが、どうやら贈り物の代わりらしい。なぜ急に手紙を書いてき

たのかわからなかったが、少なくとも、高価なものより気持ちが嬉しいという鷹臣の価値観は正しく伝わっていたようだ。

「いま、開けても?」

イスハークが頷くのを確認して封を切る。

急《せ》く気持ちを抑えながら中身を開くと、たしかにそれは英語で丁寧にしたためられた手紙だった。それも、便せん三枚にわたってびっしりと書かれている。

なにが書いてあるのかと、急ぎ目を走らせる。内容は、高価な贈り物を好まないと知らずに贈ったことへの謝罪と、それから、あの夜の鷹臣の告白についてだった。

あの夜、鷹臣に好意を告げられてどれほど嬉しかったか。贈り物を返されたことは残念に思うけれども、自分の想いは変わらないこと。ずっとこの気持ちを伝えたかったが、面と向かうと気恥ずかしく、うまく言葉にならないから手紙にしたこと。鷹臣の顔が見たくて、わざと回診の時間にサラーヤを見舞っていること。

読み進めるうちに、鷹臣は混乱と動揺で呼吸が荒くなってくるのを感じた。

(どういうことだ……?)

自分の告白を聞いて逃げ出したのは、迷惑だったからではないのか。

その後のイスハークの言動と、綴《つづ》られている気持ちとの落差を、どう解釈すればいいのかわからない。

読み終わった鷹臣は、手紙を元通りに畳むと封筒にしまった。

「陛下、私の乏《とぼ》しい読解力では、情熱的なラブレターのように読めるのですが、渡す相手が間違っているのでは？」

　すると、イスハークは心外だという顔をした。

「なにを言うのです。私は、あなたのことが好きなのです」

「ほらやっぱり間違って……え？」

　いま、イスハークは鷹臣のことを好きだと言った。聞き間違いではない。

「失礼、イスハーク、あなたには意中の方がいらしたのでは？」

「それは鷹臣、あなたのことです」

「!?」

　イスハークが、半ば自棄《やけ》のように発した言葉が脳に突き刺さる。

　たしかに、イスハークは恋の相手が女性だなんて一言も言っていない。

　では、あの恋のおまじないは自分に対してだったのか？

　混乱する鷹臣を前に、イスハークは自虐《じぎゃく》的とも思える口調で一気に畳みかけた。

「鷹臣は私を好いてくださっているとおっしゃった。片想いでなかったことがわかって、私は言葉にならないほど嬉しかったんです。それなのに正式な手順を踏んで求婚したら、あなたは断った……高価なものは受け取れないと」

「待ってください、断るとか俺そんなつもり、……求婚？」

　はっとする。

『男性が意中の女性に三日に渡って大量の贈り物をし、女性が受け取ったらOK、返したら断るって意味になるんです』

(あれか――!!)

先日のアリの言葉を思い出し、ドッと汗が吹き出した。

つまり、鷹臣の告白によって両想いと知ったイスハークは、この国の正式な手順に則《のっと》って鷹臣に「求婚」したのだ。

だが、鷹臣は贈り物を返すと言った。それはつまり、求婚を断ったということだ。あのときのイスハークの落胆ぶりがいまになってようやく理解できる。

「いや、でも、なにも言わずに俺を置き去りにして逃げられたら、普通は振られたと思いますよ」

「あ……あのときは嬉しくて言葉にならなかったんです。あとはとにかく求婚の段取りをつけることで頭がいっぱいで……翌日から会談の予定が入っていましたから」

贈答品の手配のことで頭がいっぱいになってしまい、一言もなく鷹臣を置いて帰ってしまったらしい。善は急げと気が急《せ》く余り、焦って食い違いが起きてしまったようだ。

振られたとか、嫌われたとか、早合点して落ち込んでいた。

ただ言葉が圧倒的に足りないまま、勝手な解釈で、ここまで擦れ違っていたとは。

「たしかに、それはあった……」

「でも、求婚を断られたわけではなかったとわかって安心しました。誤解も解けましたし、鷹臣が、私のものになるのに不都合はありませんね」

「……はい？」

　イスハークはにっこり笑った。

「鷹臣、私の後宮《ハレム》に入ってくれませんか？」

「ハレム!?」

「王立病院以外に、あなたが敏腕をふるえるような設備の整った病院を建てるつもりです。この国に留まって、私とずっと一緒に……」

　イスハークの声が遠くに聞こえる。

　国王の家族が住むという後宮《ハレム》。そこに入れるのは国王とその家族だけだ。彼の言葉通りに受け取れば、正式な結婚を申し込まれたということになる。そうなるとやはり、自分が国王の『寵姫《ちょうき》』になるということだろうか。男だけれど。

（以前、結婚はしないとか言ってたような……ああ、後継の問題が絡むからだったか……）

　男同士なら子供が生まれることはない。妊孕《にんよう》へのプレッシャーもなければ、ナーセルの地位を脅《おびや》かすようなこともない。イスハークにとっては逆に好都合ともいえる……のか。

（――っていうか、問題はむしろそこじゃないのか!?）

　混乱しすぎてわけがわからなくなっているが、第一に、男同士は結婚できない。

　国教の戒律に縛られたこの国で、同性愛は死罪に値すると聞いている。国王であるはずのイスハークが、それを知らないはずはない。

もしかするとイスハークは絶対君主制という最大の切り札《権力》を振りかざし、それさえも合法にしてしまう気なのでは――そんな有り得ないことまで想像して身震いする。

「なにも、案ずることはありません。大切にします、愛しい人」

イスハークが鷹臣の右手を取った。

これが噂に聞く、交際期間ゼロ日入籍というやつか……なんて、呑気《のんき》に考えている場合じゃない。許嫁《いいなずけ》制度のお見合い婚が普通であるオズマーンの、しかも相手は王族だ。軽はずみに受けていい話ではない。

「イスハーク、幾つか話を整理しましょう」

手の甲にキスをされる寸前に、鷹臣はイスハークの手を握って跪《ひざまず》いた。気持ちをどうにか落ち着かせようと深呼吸する。

「はい、なんでしょう」

「そもそも俺は女性ではない」

「知っていますよ、私も男です。鷹臣は男性しか愛せないのでしたよね」

だから問題ない、とでも言わんばかりのイスハークに、鷹臣は毒気を抜かれる。

「俺はいいんです、問題はあなたですよ。一国の王ともあろう方が、出会って間もない相手にいきなり求婚は……まだ俺のことを、ほとんどなにも知らないでしょう」

「知っていますよ？　鷹臣は、遠い日本からひとりの命を救うために、わざわざ飛んできてくれた人です。私に日本語を教えてくれて、日本名までつけてくれました。王である私を特別扱いせずに、対等に接してくださる。王女の悲しみに添うために、迷わず髭を剃ってしまうほど優しくて、優秀な医師である前に、ひとりの人間として魅力的です」

正直、いまの言葉でかなり心が揺さぶられた。

自分にとって、当たり前と思うことを、この人は評価してくれていた。

じんわりと温もりに似た喜びが湧き上がる。

でも、だからこそ、いまのうちに念を押しておかなくてはいけないのだ。引き返せなくなる前に、相手がノーマルセクシャルなら、なおのこと。

「……それは、友人としての思いを勘違いされているだけではありませんか」

「いいえ。男だろうと女だろうと、私は鷹臣を好きになったでしょう。世継ぎ問題に巻き込まなくてすむぶん、鷹臣が男性でよかったとさえ思います」

「…………」

恋をするのに、最初から性別は度外視している。イスハークはきっぱりそう言い切ったのだ。

なにも言い返せなくなった鷹臣に、イスハークは首を傾げて畳みかける。

「それだけでは、だめですか？　あなたを愛するには、伴侶として求めるには不足でしょうか」

「――それは……」

嬉しいくせに、だめな理由を必死に探している自分に気づいて、口籠《くちご》もる。

知らないのは自分も同じだ。相手のなにもかもを知らなくても、恋に落ちるだけの理由はあった。身分や宗教の壁などを理由にして諦めようとしていたけれど、どうにもならなかったくらいに。

けれどイスハークはその壁をいとも簡単に乗り越えて、想いを貫こうとしている。求婚を断られたと勘違いした後も、必死に想いを伝えようと、子供みたいにラブレターを書いてくるような、前向きで可愛い人だ。

——敵《かな》わない。

「イスハーク、あなたは男らしいですね、俺なんかよりずっと」

白旗を揚げると同時に、臆病な殻《から》を脱ぎ捨てる。

きっと、色んな問題を同時に考えるからややこしいのだ。シンプルにいま感じていることはただ、好きな人と想いが通じて嬉しい、ということだけなのだから。

「私は、『砂漠の豹』の子孫ですから」

「まったくだ」

くすりと笑うイスハークの肩を抱き寄せる。息がかかるほどの距離で見つめ合うと、イスハークは照れたように目許を染めた。年齢にそぐわぬ初々《ういうい》しさを目にするたび、大事に閉じ込めておきたいような気持ちにさせられる。

「好きですよ。愛しています。あなたが王でなかったら、日本に連れ去ってしまえたのに」

「それは……仕方ありません、私は王として、民を守る義務があります」

イスハークの表情がわずかに曇る。よくある口説き文句でも、正面から受け止める、そんなところも生真面目な彼らしい。

（そうだ……この人は、孤独だったんだ……）

王として慕われる一方で、過去には両親と兄夫婦を殺され、いまはその遺児を守ることを最優先に生きている。そのために、だれも愛さない人生を受け入れてきたイスハークが、初めての恋に戸惑わなかったはずはない。

母親が異教徒の英国人だったことにより、ときには誹《そし》られ、つらい思いもしてきたと聞いている。それでも国民の幸せのために心を砕き、様々な問題に取り組んでいるひたむきなこの人を、自分だけのものにしたい。

「イスハーク、ふたつだけ、お願いを聞いていただけますか」

「なんでしょうか？」

イスハークが顔を上げ、鷹臣の目をまっすぐに見上げてくる。その花顔《かがん》は、想いが通じ合った歓《よろこ》びに溢れていた。微笑ましいその様子に、胸が温かくなる。

「ひとつ目、ハレムは勘弁してください。お相手は俺だけにして欲しい」

「もちろんです！　それから？」

「それから、……」

ここは日本でもアメリカでもない。

イスハークは本気で求婚したつもりでも、実際には正式な結婚とはならないはずだ。

身分や性別だけでなく、国教の戒律という障壁もある。王の周辺や国民が許すとは到底、思えない。特にあの堅物のアブドルラハマーンは必ず反対するだろう。

恋人として付き合うにしろ、イスハークが退位するまでは、隠し通さねばならない関係だ。考えたくないが、結果的に、自分が滞在する間だけの関係になってしまう可能性もゼロではない。それならばせめて、自分の前にいるときくらい……。

「……それから、俺の前にいるときは、いつも笑っていて欲しい」

「はい！」

イスハークが、とびきりの笑顔で答える。

鷹臣にとって、イスハークは王である前に、患者の家族であり、二十四歳の、ひとりの男だ。この若木のような細い肩に背負うものを分かち合う立場にはなれないが、せめて自分の前にいるときだけは、素のままの彼でいて欲しい。

鷹臣は口許を弛め、イスハークの手を取った。

手の甲に唇を押し当てながら上目遣いで訊ねる。

「イスハーク、キスしてもいいですか？」

「そ、……その質問には答えたくありません」

「もしかして、本当に経験がない？」

「……っあなたの過去の恋人たちと比べないでください」

少し怒ったようにそっぽを向くが、顔が真っ赤だ。

言葉が足りないのも、態度のぎこちなさも、必死さも、純潔であるが故に恋の手順を知らないから――そう思うとすべてに合点がいく。

「では今後、いちいちあなたに許可を求めるのはやめにします。イスハーク、あなたも俺に対しては、自分を抑えないでください」

「……私は、そんなことをしていましたか？」

「あなたは優しいから、先回りして相手の気持ちを考えすぎる。でも俺には我儘になっていい。俺にだけは、甘えて欲しい」

イスハークの腰を引き寄せ、顎を摑んで上向かせた。うすく開いた唇を、外科医特有の繊細な指先がなぞる。

「いいのですか……そんなことを言って。私は重たいですよ」

望むところだ。ふたりの間には、これからきっと多くの障害が立ちはだかるに違いない。覚悟の上で、それでもイスハークが欲しいと思った。この先、なにが起きようとも狼狽《うろた》えない、そう腹をくくって希《こいねが》う。

「なにがあっても、あなたを守ると誓います。……イスハーク、あなたを俺にください」

返事はないまま、目蓋が伏せられた。了承と受け取って口接ける。

柔らかくて温かい、初めて触れた彼の唇に、感動で胸が震えた。抑えてきた気持ちの箍《たが》が外れ、相手へと一気に想いが溢れる。

「ん……っ」

唇の隙間から舌を差し込むと、イスハークはびくりと肩を揺らして離れようとした。逆に細腰を強く引き寄せ、さらに深く舌を絡ませる。

「んぁ……っん……っ」

たどり着くまでにかなりの時間がかかったが、一度触れてしまえばもう止まらない。ここが病院であることも忘れ、角度を変えては柔らかな唇を貪った。口の中に唾液が溢れ、舌先で掻き混ぜるたびに密かな濡れ音が響いている。

「喉を、もっと開いて……」

舌を舐め、キスの合間にうすく目を開ける。

この手のことに慣れていないのもあるのだろう。イスハークは羞恥のあまり、うっすら涙目になっていた。しとどに濡れた唇を吸うたび、舌をはむたび、敏感な反応を見せるのがたまらない。

「っ、ぁ——……っ」

「そう……いい……」

イスハークが纏う香りが強くなり、体温が上がったのがわかる。

乳香を主とした甘すぎないその香りは、清潔な色香を放つイスハークにふさわしい。

「鷹臣、っ……待……っ」

拳《こぶし》で胸を軽く叩かれ、はっとした。

力を弛めると、逃げるように顔を背けたイスハークが咳き込む。

「イスハーク、すみません。つい」

夢中になるあまり、かなりしつこくしてしまった。

息を弾ませたまま、イスハークが恥ずかしそうに首を振る。

「いえ、私こそ……その、初めてで、息の仕方がわからなくて」

「キスが初めて？」

「……だれかと一緒に散歩したのも、砂漠の薔薇を贈ったのも、全部鷹臣が初めてです」

「イスハーク……」

愛おしさが込み上げてくる。

キスさえ初めてなのだから、その先も未経験なのは想像に難くない。大切にしたいと思う反面、早急にすべてを奪ってしまいたくもある。

再び顔を近づけたときだった。

「！　シッ」

ドア一枚隔《へだ》てた廊下を、だれかの足音が近づいてくる。

はっと動きを止め、ふたりは見つからないように息を潜めた。しばらくすると足音は遠ざかっていき、ふたりは同時に溜息を吐いた。

「アブドルラハマーンが探しに来たのかと思った……」

「たぶん、病院の職員でしょう」

小さく笑い合い、そしてまた唇が合わさった。二度目のキスは少しだけ余裕があって、イスハークもぎこちなくだが応《こた》えようとしてくれる。舌を吸い上げ、甘噛みし、お互いに時間がないとわかっているのに止まらない。

「っ……だめです……止めないと、これ以上は……」

濡れた溜息を吐きながら、イスハークが時計を気にする素振りを見せる。

まるで教師や親に隠れて悪いことをしている十代の子供みたいだ。

いつまでも戻ってこないイスハークを、政務官たちがきっと探しているだろう。

「あぁ、執務が……おありでしたね」

「あなたこそ……」

白衣のポケットの中でも、さっきから電話が鳴っていた。

引き剝がすように唇を離し、互いに上がった息を整える。イスハークの脚はいまにも頽《くずお》れそうに震えていて、抱き締める腕の力を強くした。

「わかってる……でも足りない」

——あなたが欲しい。

強く目で訴《うった》える。

オズマーン王国に滞在できる時間はもうそれほど長くない。その後は、どうなるか。手術待ちの患者もいれば、緊急オペの依頼がいつ飛び込んでくるかもわからない現状で、いつどれだけ傍にいられるという約束ができないからだ。

がっついていると思われてもいい。イスハークのことをもっと深く知りたかった。肌の質感も体温も、匂いも味も、抱けばどんな声を上げるのかも。

「……続きは、夜に」

イスハークの、欲望に掠《かす》れた声にゾクリとした。

自分と同じ、欲望を身の内に持て余した男の顔に鳥肌立つ。

「いいのですか？」

「使いをやります。今夜十時に、……私の寝所へ」

キスひとつで強く恥じらったかと思えば、こんな大胆な誘い方もできるのか。

知らなかった一面に驚かされながらも、珊瑚《さんご》色に染まる耳許に熱を吹き込む。

「そういう意味だと、受け取りますよ」

イスハークが、黙ったまま小さく頷く。

イスハークもこんな顔をするのだと思ったら、たまらなくなった。

抱いていた腕を解くと、イスハークはひらりと身体を離して背を向けた。まだうっすら赤い顔のままドアを開け、俯きがちに部屋を出ていく。

——早く夜が来ればいい。

恋人の白い背中を見送りながら、そう思った。


こんなにも夜が待ち遠しかったのは初めてかもしれない。

約束の時間に迎えに来た使いの者は、「陛下が睡眠導入剤を所望されている」と言い、鷹臣を王の私室へと案内した。

宮廷侍医ではなく鷹臣に、という点はいささか不自然な気もするが、なるほど考えたものだ。医師が薬を処方するという名目でなら、この時間に呼ばれても不審がられることはない。鷹臣も、急患の呼び出しに応じたという体で、王の御前に侍《はべ》るには少々ラフな服装のまま部屋を出た。

ふたりだけの秘密を守ることが、ひいてはイスハークを守ることに繋がる。そのためなら、どんな茶番でも演じ切ってみせる。

「こちらでございます」

蝋燭《ろうそく》の灯《あか》りが揺れる広い寝所は、すでに人払いされていた。

夜着らしき薄絹の長衣《カンドゥーラ》のみという姿で鷹臣を招き入れたイスハークは、従者を下がらせるとほっと息をついた。

「すみません、理由が他に思いつかなかったので」

「構いませんよ。俺が咎められないようにというご配慮でしょう?」

警備の行き届いた宮殿内でもことさらに王の寝所は監視の目が厳しい。忍び込んで見つかれば面倒なことになるのは火を見るよりも明らかだ。

「こちらへ」

天蓋《てんがい》つきの広いベッドには白い花弁《はなびら》が撒《ま》かれていた。腰を下ろすとベッドが沈み、身動《みじろ》ぐたびに花の香りがほのかに漂う。

結婚初夜を思わせる妖艶《ようえん》な演出が気恥ずかしいのか、イスハークが言い訳するように夜着の襟前を摑んで言う。

「……あの、この花はリラックス効果をもたらすとかで、我が国では普通に……」

「緊張なさっておいでなのですね」

イスハークの目が泳いだ。取り繕うように口を開くが、すぐに唇を嚙んで目を逸らしてしまう。色事に慣れないまでも、スマートに振る舞いたい男としての矜持《きょうじ》があるのだろう、胸中のせめぎ合いが手に取るようにわかる。

「可愛い方だ」

シーツの上に押し倒すと、イスハークはきつく目を閉じた。

滑らかな小麦色の肌に長い睫《まつげ》が影を落とす。クーフィーヤが外れ、波打つ長い髪がシルクのシーツに散らばった。

「鷹臣、……っ」

しっとりと熱を秘めた唇を味わいながら、艶やかな髪を撫でる。指に絡みつくようなプラチナはまるで蜘蛛《くも》の糸のように細く柔らかい。

輪郭を舌でなぞると、吐息とともに唇がうすく開いた。慣れないまでも、鷹臣の動きに応えようとしてくる必死さが愛おしい。舌をはみながら、胸元にある三つのボタンを外していく。

不意にイスハークが腕を伸ばし、鷹臣のシャツを引っ張った。

「イスハーク……？」

経験はなくとも、知識はそれなりにあるのだろう。ぎこちない手つきで鷹臣のシャツのボタンを外そうとしてくる。

「いいんですよ、自分で脱ぎますから」

「で、では、私もっ」

だが、緊張のせいで、イスハークの身体は指先までガチガチに強張っている。幼児のようにボタンひとつ外すのにも手間取って、焦った顔をしているのがたまらかった。

「イスハーク、なにもしなくていい。今夜は俺に、全部、させてください」

優しくイスハークの手を握り、その指先に口接ける。

「でも」

「女のように扱う気はありません。ただ、初夜くらい、俺に主導権をくださいってことですよ、陛下」

「初っ……」

イスハークは顔を真っ赤にしたが、手を振り払うことまではしなかった。

強張った身体を解すように、頬に、鼻先に、啄《ついば》むようなキスを降らせる。明るいわけでもないのに、服を脱がせようとすると抗う素振りを見せるのは、強すぎる羞恥心のせいなのか。ならば時間をかけて、自ら開かせてみるのも一興だ。

とろりと目が潤んできたところで、うすい夜着越しに胸許へと指を滑らせた。

「つぁ……！」

すぐに小さな突起を指先が捕らえる。指の腹で軽く円を描くように弄《いじ》ってやると、突起はすぐに固く尖って存在を主張してきた。もう片方も同じように捏《こ》ね回しながら、イスハークの顔を覗き込む。

「感じるんですね、ここ」

イスハークは息を荒らげるだけで答えようとしない。けれども、くすぐったいだけでないことは、身体の反応を見れば一目瞭然《いちもくりょうぜん》だった。鷹臣は内心ほくそ笑みながら、下肢へと手を伸ばす。

「イスハーク、これは……普段からですか？　それとも、今日だけ……？」

古い伝統に従ってか、イスハークはカンドゥーラの下になにも身につけていなかった。そのせいで、熱くなった性器が布越しでもはっきりとわかる。布地ごと包むようにして握り込むと、イスハークはシーツを摑んで背を浮かせた。

「っあ、やっ……」

張り詰めた性器の先端に、じわりと染みが浮き上がる。親指の腹で拭うように刺激してやると、イスハークはどうしていいかわからないという様子で首を振った。

「本当に、経験がないのですね」

「っ……教義に、悖《もと》ります、から……」

オズマーンの国教では、婚外性交を禁じているという。

排泄や洗浄以外の目的で自身の性器に触れることも禁忌《きんき》とされるため、建前上は自慰もできないことになっている。どうしても我慢できない場合にのみ許されるが、子孫繁栄の妨げになるとして既婚者には推奨されていないようだ。

オズマーンに比べ、性に開放的なヨーロッパで学生時代を過ごしながら、頑《かたく》なに禁欲を守り続けたのも頷けよう。

（いくら守るべき戒律とはいえ、男としては地獄だな……）

苦笑いして、ふと気づく。

「もしかして、俺に求婚なさったのは、こういうことをしたかったから、ですか？」

「そ、それは……その、……」

イスハークの顔がみるみる赤く茹《ゆ》で上がる。すでに肯定したも同然の反応だったが、どうしても彼の口から言わせたくて、つい意地悪をしてしまう。

「……俺は、ずっとしたかったですけど、ね」

先端には触れないまま、硬く張りつめた性器を擦り上げた。敏感な先端に布目が擦れるのがたまらないらしく、手を動かすたびにイスハークの腰がくねる。

「あ、あっ、だめ……！」

止めさせようと鷹臣の手首を摑んでくる手は、すでに力が入っていない。先端部分を包む布地は、もう先走りでぐしょぐしょだ。内股気味にもじつく脚が、まるで痙攣でもしているみたいにガクガクと揺れている。

「なにがだめなんですか」

できることなら、懇願するイスハークを組み伏せ、もっと恥じらわせてみたい。隠そうとする腕を摑み、イスハークの顔を覗き込む。

「だめです……こんな、はしたない……」

「はしたない？　ああ、こんなに漏らしてしまったことが？」

手を離し、イスハークが漏らしたものを見せつけた。揺れる灯りの下、夜着の持ち上がった部分がてらてらと淫猥《いんわい》に光っている。

「……っ……今夜の鷹臣は意地悪です……」

うっすら涙の溜まった目で鷹臣を見上げる。

恨みがましく尖らせた唇に、鷹臣は音を立ててキスをした。

「あなたがあまりに素敵だからいけないんですよ、イスハーク……。あなたの口から、言わせたくなってしまった」

「…………」

イスハークが息を荒らげたまま、緩慢《かんまん》な仕草で手を差し出した。

よくわからないままその腕を摑むと、イスハークがしなやかに身体を起こした。ベッドの上で膝立ちし、するすると湿った夜着を脱ぎ捨てる。

「……！」

蝋燭の灯りに浮かび上がった王の肉体に、鷹臣は息を呑んだ。

さすがは『砂漠の豹』の子孫というべきか。

うっすら小麦色の滑らかな肌、艶のある白銀の髪。薄暗闇に光るパープルの瞳と、均整の取れたしなやかな肢体はまさに肉食の獣を思わせる。

「イスハーク……あなたのこんな姿を目にするのも、俺が初めてなんですね……」

無言のまま、イスハークは含羞《がんしゅう》の面持ちで目蓋を伏せた。

引き締まった下腹部は無毛に処理され、突き勃った性器との間に、ねっとりと糸を引いていた。普段、他人には見せない王の姿を暴き立てた悦《よろこ》びに背筋が震える。目眩を覚えるほどの淫らさと、それとは真逆の崇高《すうこう》さを秘めた肉体から目が離せない。

「バレたら今度こそ、アブドルラハマーンに殺されるな……」

「それは……だめです」

視線だけで理由を問うと、イスハークは眉を寄せて嘆息した。

「……彼が知ったら憤死してしまうかもしれません」

真面目な顔で言うから、思わず笑みが零れた。つられてイスハークも表情を弛ませる。セクシャリティの常識やフィジカルな問題だけではない。国王という立場を鑑みても、鷹臣を受け入れるリスクは計り知れない。もし関係が露見《ろけん》すれば、鷹臣は国外追放くらいですむかもしれないが、イスハークは重罪に問われる可能性もある。

「バレたら、全部俺の罪になさい。あなたはなにも悪くない。王を誑《たぶら》かした悪人は俺ひとりでいい」

少しだけ緊張の解れたイスハークの身体を抱き寄せ、褐色《かちいろ》真珠のような滑らかな肌に舌を這《は》わせる。イスハークは膝を崩し、微かに声を漏らして身を捩《よじ》った。

「鷹臣……どうしてそんなことを言うのです……？　私が、あなたにだけ罪を負わせるなんてできるとお思いですか……？」

鷹臣の口端がわずかに上がる。

そうは言っても、イスハークが負うものは自分の比ではない。

責をひとりで負う覚悟がないのなら、この肌に触れるべきではない。イスハークに口接けたあの瞬間から、とうに腹は決まっていた。

「あなたを守り通す覚悟がなければ、恋などしない」

「――鷹臣……？」

一糸纏わぬ王の身体を仰向けにベッドに寝かせる。

自らもシャツを脱ぎ捨て、その肌に覆い被さった。イスハークが視線を泳がせ、また呼吸を浅くしたのが伝わってくる。うっすらと色づいた乳首を舌で愛撫《あいぶ》しながら、イスハークの下肢に手を伸ばした。

「あぁ……っ」

ペニスを直に握った瞬間、イスハークがびくっと腰を跳ね上げた。

手の中で撓《しな》り返ったペニスは、まるで心臓そのもののようにどくどくと脈打っている。

その熱さと欲求の激しさに、ある種の陶酔《とうすい》を覚えた。

自らを縛る戒律をはね除けてまで、自分を欲しがってくれている。言葉よりもダイレクトにそれが伝わってきて、たまらない気持ちになる。

「イスハーク……」

「はっ、っあ、あっ……っや……っ」

軽く扱《しご》いてやるだけでイスハークは切羽詰《せっぱつ》まった声を上げてしがみついてきた。

若い身体は快楽に弱い。処女めいた恥じらいとは裏腹に、感じやすい身体を持て余しているようだ。セックスどころか、自慰の経験すらほとんどないとくれば、もたないだろう。

「あっ、それ……っやぁ……っ」

特にくびれの部分が弱いらしく、人差し指と親指の付け根部分で締めつけるように擦り上げると腰が浮き上がる。たらたらと溢れる先走りが止まらない。

猫のように足の爪先を丸め、震えながらシーツに爪を立てる。

たわいなさが逆に愛おしくて、もっと鳴かせてみたくなる。

「っと」

掌に、重い液体がじゅっと精管を遡《さかのぼ》ってくる感覚を捉えた。咄嗟に指で根元を締めつける。

放出を寸前でせき止められ、イスハークの肌がぞくぞくと粟立《あわだ》った。

「っあ……な、ぜ……っ」

手を離してと切ない表情で訴えるのをキスで宥《なだ》める。同じ男として理解はできるが、楽しみは後にとっておいたほうがいい。

「いまはまだ、我慢してください」

まっすぐな脚を開かせ、固く引き締まった太腿の間に身体を割り込ませる。まだ情人にあらぬ場所をさらすのは抵抗があるのか、イスハークは膝を曲げて鷹臣の腰を締めつけた。

「イスハーク、脚を開いて」

「……っ」

小刻みに震えているのは、せき止められた欲望がつらいせいか、それとも未知の領域への恐怖だろうか。

やがて締めつける脚から、申し訳程度に力が抜けた。膝頭を摑み、やや強引に広げてやる。

「あ……っ」

イスハークが背中を浮かせ、思わずといった様子で手を伸ばした。

宙をさまよう手を取り、その甲に口接ける。イスハークはなにか言いたげだったが、言葉が見つからない様子で口を閉じた。

「俺に任せて、あなたの全部を委《ゆだ》ねてください」

片足を持ち上げ、膝に口接ける。こんなことで不安が和《やわ》らぐとは思わないが、できる限り優しくすると決めていた。

「……っ」

先走りで濡れる腿の付け根をたどり、その奥に手を滑り込ませる。当然ながらまだ蕾《つぼみ》は固い。

勃起したままのペニスの先端から、透明な糸を引いて雫《しずく》が落ちる。

イスハークは声も出さず、恥じ入るように唇を嚙んでいた。

「なにか、濡らすものはありますか」

イスハークの視線が横に流れる。視線の先を追うと、枕元のサイドテーブルに香油の入ったガラスの小瓶が置かれていた。

（まさか、このために準備してくれたのか……？）

掌に収まるほどのガラス瓶を手に取り、掌に中身をあける。純度の高い精油が滴《したた》り、華やかな花のアロマが漂った。

前が萎《な》えていないのを確認しながらオイルで濡らした指を後孔に押し当てる。

ビクンと大袈裟なほど身体が震えたが、イスハークは拒《こば》まなかった。関節が白くなるほどシーツを摑み、なにかに耐えるように目蓋をぎゅっと閉じている。

「っ……っふ……く……っ」

サラーヤの執刀同様、鷹臣にすべてを任せると決めたからには、なにをされようとも受け入れる用意があるらしい。それが彼なりの男気と、信頼の証なのだろう。たわいないほどの従順さを愛おしみながら、まるで子供を診るときのように、優しい口調で命じる。

「ゆっくり、息を吐いて」

他人から命じられることが少ないせいだろうか。そうするとイスハークは目許を赤くしておとなしくなる。

「っ……はっ……」

「そう、いい子ですね」

息を吐き切る、緊張が弛んだ一瞬の隙を突いて後孔に指先を沈めた。

「――ッ」

イスハークは息を呑み、全身を強張らせた。

やはり指一本でも痛いのだろう、中の指をぎゅうっと締めつけられる。

（きついな……）

シーツに爪先を突き立てるイスハークを見下ろしながら、鷹臣は悩ましく眉を寄せる。指一本ですらキツイのだから、初回は自分のモノなど入らないかも知れない。

（まぁ、いいか……）

気持ちいいことだけを教え込んで、自分なしではいられない身体にしてしまうのもそれはそれで悪くない。

「っあ、……っ、鷹臣、たかおみ……っ」

「なんです？」

医師らしい手慣れた手順ですぐに前立腺の位置を探り当てる。的確な攻めに、溜息のような喘《あえ》ぎはいつしか忙しない呼吸へと変わっていた。

くちくちといやらしい音を立てて抜き差しすると、萎えかけていたペニスが再び撓《しな》り返った。中の動きに合わせ、赤く濡れ切った尿道口がぱくつくのがいやらしい。

イスハークは触って欲しそうだったが、鷹臣はわざと後孔だけを慣らすように弄《いじ》る。ペニスで感じるのは男として当然のことだからだ。できれば後ろで達する感覚を教え込みたい。丹念に解していくと、痛がっていたイスハークの表情にも徐々に変化が現れた。

「っあ、待っ、……なか、が……変、です……ぁあ」

前立腺を強く圧してやるとペニスがはち切れんばかりに緊張し、尿道口に白濁《はくだく》混じりの性液が盛り上がる。軽く抜き差しすれば、イスハークは悶《もだ》えるように首を振り、羽根枕を摑んで呼吸を乱した。身体に力が入らないらしい。

「それで、いいんですよ。もっと気持ちよくなっていい」

「っでも……っ、は、っ……っ恥ずかしぃ、です……」

後ろに指を入れられて感じるのが、まだ男として耐え難いようだ。

けれども後孔はひくひくと戦慄《わなな》いて鷹臣の指を柔らかく締めつけている。本数を増やし、中を掻き混ぜるように動かしてやると、イスハークは耐え切れず声を漏らした。

「あっ、ぁ……や、も、掻き回さない、で……っ」

「痛いですか？」

「……も、痛くない、です……けど……我慢できな……っ」

ヒクヒクと中が収縮し、射精感が迫り上がるのが手に取るようにわかる。

ぐちゅりと音を立てて指を引き抜くと、イスハークは甲高い喘ぎを漏らしてぐったりとした。

寸止めも二度目ともなればさすがにつらい。うっすらと涙の張った目で鷹臣を見上げながら眉を寄せる。

「ひどい……」

恨みがましい視線に苦笑いするしかない。

汗ばんだ額に音を立ててキスをする。

――イスハークと繋がりたい。

鷹臣はズボンの前を寛げ、先程から痛みすら感じるほどいきり勃っているモノを取り出した。力の入らないイスハークの手を取ってそこに触れさせる。

「！」

イスハークはまるで熱いモノにでも触れたようにビクッと手を引っ込めた。

「触って……イスハーク」

同性同士の知識がどこまであるか、などと野暮《やぼ》なことは聞くまい。おそらく他人のモノなど触れるのは初めてのはずだ。

イスハークは再び手を伸ばし、おずおずと熱くなった鷹臣自身を握る。人並み以上の大きさと質量に戸惑いながらも嫌悪感はないようだ。触られただけでもう気持ちよくて、甘やかな溜息が漏れる。

「いまから、これがあなたの中に入るんです」

イスハークの喉が大きく上下したのがわかった。恐怖と期待の入り交じった表情で押し黙る。

いまなら、快楽だけを与えて終わらせてやることもできる。

鷹臣は、イスハークの手に自らの手を重ねた。

「止めておきますか？」

「……いいえ」

震えているくせに、きっぱりと否定する。望んだのは自分だと言わんばかりに潔い。

「できるだけ、あなたがつらくないように努力します」

「お、……お願い、します」

妙に間の抜けた受け答えに思わず笑みが漏れた。こんなときまで、イスハークはイスハークらしい。

身体を引き寄せ、イスハークの腰に羽根枕をあてがった。枕の高さ分だけ尻が持ち上がり、角度が合わせやすくなる。

「力を抜いて……挿《い》れますよ」

大きく脚を開かせ、濡らした窄《すぼ》まりに自身の先端を押しつける。粘膜が薄く引き伸ばされ、やがてくぷりと先端が飲み込まれた。途端に下腹部が大きく波打ち、内腿が引き攣《つ》る。

「い、っ……っ」

指で慣らしたとはいえ、苦しそうだ。イスハークは目に涙を溜め、眉を寄せて耐える。

「痛い、ですか？」

「へ……き、です……っやめない、で……っ」

だがイスハークは止めさせようとはしなかった。むしろ先を促すように腕を伸ばし、縋《すが》るようにきつく抱きついてくる。

「う……っん、く……っあぁ……」

震える肩を抱き締め、手探りで腰を進めた。ときおり目蓋や唇に口接けながら、ゆっくりと中に侵入する。小刻みに腰を揺らすたび、イスハークが切ない声を上げて痙攣する。

「っく……っ」

肌を汗で濡らしながら、どうにか根元まで納め切る。

鷹臣は大きく息をつき、イスハークを抱き締めていた腕を弛めた。動いてもいないのにゾクゾクと背筋が震える。

「……あぁ……」

締まりがきついだけではない。体内で、甘く咀嚼《そしゃく》されるような粘膜の蠕動《ぜんどう》に背筋がざわめく。脳の髄から蕩《とろ》けそうな快感に危うく持っていかれそうになる。

「――ッ……動けない……」

眉を引き搾《しぼ》り、震えるほどの快感に耐える。不随意《ふずいい》に粘膜が動いて、中の自身に絡みつくのが悦《よ》すぎるのだ。

(これは、持たないかもな……)

余裕があるつもりだったが、まるで童貞にでも戻ったようだ。耐えてくれたイスハークには悪いが、少し動かすだけで漏らしそうになる。

「イスハーク、あなたの中どうなってるんです……？」

しがみついていた腕を解かせ、顔を覗き込む。

「っ……わからな……中が、じんじんして……」

まさか、王の内部がこれほどとは思わなかった。初めてにも拘らず、最初から男を受け入れるための器官だったように鷹臣を受け止めて離さない。

ふと、接合部に視線を落としたときだった。

「イスハーク？」

「あ……！　これは」

気づいたイスハークが赤くなって手で下腹部を覆う。

「見せてください」

「や……っあ！」

隠す手を強引に退けて見ると、大量の白濁が糸を引いて滴っていた。だが性器は萎えていない。明確な射精を見ていないのに、どういうことなのか混乱した。

「これはどういう……いつの間に？」

指先ですくい上げて見せる。

イスハークは咄嗟に目を背けるが、耳まで真っ赤だ。ペニスは痛々しいほど突き立ったまま、先端からとろとろと白濁を漏らし続ける。

「入れただけですよ……もしかして、ずっとこんな……？」

「……っ知らない……も、見ないでください……っ」

苦痛だけしかないのではと心配していたが、違ったらしい。それどころか感じすぎて、射精しないまま精液を少しずつ漏らしてしまっていた。

仲間内の都市伝説かと思っていたが、実際に目にすると、興奮するなんてものじゃなかった。自身が破裂しそうなほど漲《みなぎ》って、下腹部が鈍く痛む。暴力的なまでに愛おしさが込み上げてくる。

「あっ……」

ゆっくりと腰を引くと、イスハークが上擦《うわず》った声を上げた。目尻から透明な雫が滴る。半端な体勢で腰を止めたまま、手を伸ばして汗で張りつく髪を掻き上げてやる。

「俺の前では我慢しないで……痛かったら、言ってください」

我儘も文句も言わないイスハークのことだから、きっとつらくても我慢してしまうだろう。しっとりと濡れた睫が震え、薄紫の瞳が鷹臣を見上げた。

「鷹臣は……こんなときまで……お医者さん、なんですね……」

「――え？」

苦しげに眉を顰《ひそ》めながらも、イスハークはうっすらと笑んでいた。

「サラーヤに話しかけるときと……同じ声」

患者に接するとき、鷹臣はいつも穏やかに、低い声でゆっくり喋《しゃべ》るように心掛けている。それは相手を安心させ、緊張を解させるための癖のようなものだったが、こんなときにまで無意識に出てしまっていたらしい。

「大丈夫ですよ……気遣いは無用です。私はか弱い女性ではありません。だから」

イスハークは息をつき、乾いた唇を舐める。

濡れた舌の赤みが目に焼きついた。

「私の中で、気持ちよくなっている鷹臣を、見せてください。……同じ男なら、わかるでしょう？」

知らず、イスハークの腰を摑む手に力が籠もる。

自らの欲望は後回しにするくらいの大人の余裕は持ち合わせているつもりだった。

限りなく優しく愛したいと思っているのに、いざ痴態《ちたい》を目にしてしまうと暴力的なまでの雄の欲求が込み上げてきてどうしようもない。

「……っ、あなたという人は……っ」

恥じ入るように目許を染め、無自覚に男を誘う姿に、征服欲を刺激される。

──みなが崇める一国の王を、快楽で組み伏せたい。

自らの身体で、喉が嗄れるほど滅茶苦茶《めちゃくちゃ》に喘がせたい。

「ああ！」

ぐちゅりと音を立てて奥まで貫くと、イスハークの喉から上擦った悲鳴が迸《ほとばし》った。蕩けた粘膜に押し包まれ、鷹臣の喉の奥からくぐもった呻《うめ》きが漏れる。

逃げようとする腰を摑んで引き寄せ、深いストロークで幾度も打ち込む。

「ひっ、あっ……あっ、あぁっ……っ」

奥で腰を回してやると、接合部から泡立つような音が漏れた。

快感に寒気が止まらない。揺さぶられるイスハークを見下ろしながら譫言《うわごと》のように何度も名

を呼ぶ。

「イスハーク……イスハーク……っ」

運命を信じるほどロマンティストではない。

けれど、いまはそれすら信じたくなるほど昂揚《こうよう》していた。

脳神経外科医として研鑽《けんさん》を積んだことも、オズマーンに呼ばれたことも、すべてイスハークと出会うためだったのではないかとすら思えるほどに。

「あっ、やっ……ぁぁ……っ」

「っく……、っ」

——いっそ、俺なしではいられない身体になればいいのに。

芳《かぐわ》しい王の身体を抱き締め、思いの丈を注ぎ込む。


宮殿には、国王専用の浴場がある。

「……ローマ時代にタイムスリップしたみたいだ」

白い湯気が立ち上る浴槽の縁に凭れ、鷹臣は呟いた。

代々国王が愛用してきたという巨大浴場はドーム型で、周囲をステンドグラスで囲まれている。洗い場の中央に円形の浴槽があり、中心部の四体の獅子《しし》の口から勢いよく湯が流れ込んでいた。

「大袈裟です。日本にはもっと広い入浴施設があちこちにあるのでしょう？」

鷹臣の裸の胸に背中を凭れさせながら、イスハークがクスクス笑う。つい先程まで泣き喘いでいたせいで、まだ少しだけ目許が赤い。

「温泉とか岩盤浴場ならありますけど、個人でいつでも入れるわけじゃないからね」

「なるほど……気に入ったのなら」

「ストップ。そういう意味で言ったわけじゃなくてね……イスハークとここで入るのがいいんですよ」

王の財力が桁違いなのはもう知っている。うっかり口を滑らせれば、ぽんとプレゼントされそうで、迂闊《うかつ》に気に入ったなどと言えない。

（こういうのも悪くないけど、やっぱり俺は、たまに行く地方のひなびた温泉が好きだなーなんて……）

たまに寝に帰るだけの殺風景な２ＬＤＫが急に恋しくなってくる。額面だけはいくら稼ごうが、鷹臣の金銭感覚は極めて庶民的だ。

「いつか……許される状況になったら、一緒に温泉巡りに行ってみたい。オズマーンやドバイにも豪華なスパはありますが、日本の温泉もいいものですよ」

「素敵なアイデアですね！　鷹臣はいくつ温泉をお持ちなんですか？」

「いや、所有するものじゃなくてね、たまに行くからいいんですよ、ああいうのは」

「そういうもの、ですか……？」

イスハークはわかったような、わからないような顔で首を傾げる。鷹臣は苦笑し、背後から搦《から》め捕《と》るように抱き締めた。

「行ってみればきっとよさがわかります。俺が教えてあげますから」

「そのときを楽しみに待っています、鷹臣」

背後から頭を抱え込むようにして顎を摑み、唇を吸う。イスハークははじめこそ恥じらう素振りを見せたが、舌を入れるとすぐにとろりと目を潤ませた。

「……ん……んっ」

流れ込む湯の音と、唾液が混ざる音だけが響く。絡まる舌は熱く、蕩けるように甘い。角度を変え、深く唇を合わせるうちに、いつしか止まらなくなっていく。次第に下肢に熱が集まり始め、イスハークが居心地悪そうに腰を浮かせた。

「あの……鷹臣……また、……っ」

発情の甘い匂いは、ベッドでの姿を思い出させる。

「あまりにも、いい匂いがするから」

「あなたもでしょう……っあぅ」

耳を舐めながら、背後から当てて擦りつける。たまらず前に逃げようとするイスハークの腕を摑み、膝の上に引き戻した。激しく湯が跳ね、さざ波立つ。

「逃げないで、イスハーク。あなただって、ほら」

前に手を伸ばし、湯の中で屹立《きつりつ》して揺れるモノを握り込む。

「ふ……っぁ……っ」

「普段はどう鎮めてるんです……？　自分で触れるのはだめなんでしょう……」

イスハークの背が撓り、高い位置で一本に結《ゆ》われた髪が湯の中に広がった。

国教の教義では、自慰行為をよしとしない。性的な意味で、自身の身体に触れることができる他人は、配偶者のみと定めている。子孫繁栄のためであると同時に、夫婦円満の秘訣でもあるのだろう。

「っ……祈ります、神に……」

「祈って、それで我慢できるんですか？　本当に？」

「……ッ」

温かな湯の中で、ゆるゆると扱き上げてやる。イスハークは耐えるように肩で息をしていたが、張りつめた先端からとろみのある汁が滲み出ているのがわかった。

――このまま、抱きたい。

さっき抱いたばかりなのに、また欲しくなってしまう。

出会って間もない相手にここまで夢中になったのは初めてだった。

「鷹臣……？」

逸《はや》る欲を抑え、屹立から手を離す。

すでに一度、ベッドで激しく交わっている。これ以上は、イスハークの負担が大きい。

「今夜はもう、しませんよ。その代わり……」

イスハークの身体を持ち上げ、向かい合わせに膝に乗せる。

子供のように脚を開いて抱かれるのが恥ずかしいらしく、イスハークの膝に力が入るのがわかった。宥めるように汗ばむ額にそっと口接ける。

「あっ」

ぐっと腰を入れ、勃起した性器同士を密着させる。イスハークが驚いたように声を上げたが、構わずそのまま摺り合わせるようにして刺激した。「日本語で〝兜合《かぶと》わせ〟というのですよ」、などといらぬ知識を与えてみたが、おそらく聞こえていないだろう。

「っ……っぁ……っ」

互いに相手の熱さと硬さに煽《あお》られ、息が乱れる。

ひとまとめにして擦り上げると、イスハークは背中を丸めてしがみついてきた。籠もった喘ぎが水面に反響する。

「イスハーク、あなたも……してください」

促すと、イスハークがのろのろと顔を上げた。拒まれるかと思ったが、躊躇いつつも両手を伸ばし、互いのモノを握り込む。鷹臣の動きを真似するように、上下に擦り始めた。

「っあ、……こ……う、ですか」

「そう……気持ちいい、ですよ」

感じ入った溜息を吐き、イスハークを見つめる。

実際、さっき出したばかりなのに、触られているだけで達してしまいそうだった。拙《つたな》い性戯《せいぎ》ではあっても、一生懸命なのが愛おしい。鷹臣は目を細め、間近でイスハークの上気した顔を見つめる。

「あっ、はぁっ、あっ……っ」

「シー……静かに、ここは響きますよ……」

「〜〜〜っ」

最初はぎこちなかった手の動きが次第に滑らかになっていく。限界が近づいているのだろう、イスハークの腰が揺れていた。自分がどれだけ艶《つや》っぽく、蕩けたいやらしい表情を晒しているかなんて、本人は気づいていないだろう。

「イスハーク……」

鷹臣は上から手を重ね、強く握った。律動を速める。

「んっ、っだ、め、っ……っくる……っ」

イスハークの上体がのけぞり上がる。

「っく、……ッ」

肌を密着させたまま、ほぼ同時に達した。

互いに息を乱しながら、濡れた唇を重ねる。

もうそろそろ、空が白み始めるころだろう。

他人に見つかる前に、部屋に戻らなければ。そう思うのに、離れ難い。抱けば抱くほど欲しくなる、まるで媚薬のような——。

「はーい、注目」

手術用顕微鏡を覗き込んだまま、鷹臣はモニターを食い入るように見つめる若手医師たちに声を掛けた。

「ここが病巣」

顕微鏡に装着されている助手用のスコープは特等席と呼ばれているらしい。他の見学者たちにもよく見えるように足ペダルで術野をズーミングする。

「これいまから剝離《はくり》するからよく見てるように」

頭蓋骨に空けた穴から血や脳脊髄液を吸引しつつ、丁寧に腫瘍を剝離していく。

「ポイントは視野を汚さないこと。僕は右利きだから、右手の刃で腫瘍を剝離しつつ、破れた血管は左手のハイポーラ《電気メス》で焼いていく……忍者じゃなくて、サムライって言って欲しいね、切り捨て御免《ごめん》」

口では冗談を飛ばしながら、超音波吸引器《ソノペット》で粉砕《ふんさい》した腫瘍を吸い取る。

ミクロンの世界で膨大な手術ツールを使いこなす鷹臣を、いつしか院内では『ニンジャ・ドクター』と呼ぶようになっていた。忍者の認識にズレがあるような気はするものの、それを聞いたときは苦笑いしたことを覚えている。夜ごと、王の寝所に忍び込む我が身を顧《かえり》みれば隠密と揶揄《やゆ》されても反論できない。

「Ｄｒ．トオノ、早すぎて追い切れません。せめてコツを教えてください」

見学の医師たちからは悲愴《ひそう》な声が上がった。両手両脚をフルに使いながらの作業の速さに、視覚がついてこられないようだ。

「コツ……テクを磨くコツ……経験を積んで慣れるしかないかな」

「そんな」

ハイポーラで止血するたび、焼けた蛋白質《たんぱくしつ》の匂いが微かに漂う。

ここにいるのはみな鷹臣の技術を盗むつもりで全国の病院からやってきた若手医師たちだ。なにがなんだかわからないまま、映像だけを持って帰るなど耐えられないに違いない。

「あとは度胸と情熱。それで、マイクロ剝離子で気持ちよくなれたら一人前かな」

「き、気持ちよくですか……？」

「手術一発完治って気持ちいいだろ。この中に、患者さんを絶対に俺が治してやる！　って言えるヒーローはいる？」

鷹臣は顔を上げ、麻酔医を含めた見学者一同を見回した。

だが、動きを追うのが精一杯だった面々は一様に腰が引けている。その中で唯一、挙手した青年医師に、鷹臣はサージェリー器具を差し出した。

「あと一ヶ所だ。きみ、やってごらん」

「は、はいっ！」

指名された医師が、緊張した面持ちで器具を受け取る。

この病院で指導を続けてはや数週間、中には緊張と疲労のあまり手術室で失神する医師もいたほどだが、彼は三日連続で鷹臣の横に立って手元を見ていた。

「見込みあるね。ピアノを弾くようないい手つきだ。その調子で」

「あ、ありがとうございます」

緊張で強張っていた彼の表情がわずかに弛む。

途中、緻密《ちみつ》な作業の連続に何度か手が止まりつつも、鷹臣のフォローを受けながら彼は的確に剝離を進め、病巣を摘出していいった。止血のタイミングも鷹臣の手術を見て学んだようだ。無事に傷口を閉じた瞬間、彼は大きく息をついた。

「オッケー、できるじゃないか。気持ちよかっただろう？」

「はい。今度は最初からやってみたいです！」

鷹臣に褒められた途端、笑顔を弾けさせる。今後、ターヒルと並んでオズマーン王国の医療を支えていくのは、こんなふうに熱意を持った若手医師たちなのだろう。

「お疲れさん」

レクを終えた鷹臣は手術着に白衣を羽織り、いつものように王女の顔を見てから宮殿の与えられた自室に戻った。入浴と夕食をすませ、先頃の学会で発表された論文に目を通す。

充実した一日だったのに、どこか物足りなさを感じてしまうのは、イスハークと顔を合わせていないせいだろうか。イスハークは今朝早くから地方に出向いて公務をこなし、戻るのは明日だと聞いていている。王女の病室では頻繁に顔を合わせるが、人目を忍ぶ関係だけになかなか甘い時間を過ごすことは難しい。

「そろそろ寝るから、下がっていいよ」

アリを下がらせた後、しばらく医学書を読んでから寝室に入る。枕元の灯りをつけると、ベッドに人影があった。ぎょっとして立ち竦む。

「いつの間に……」

「今日はバルコニーを伝ってきました。どうしても、顔が見たくて」

スカーフをうるさげに脱ぎ捨て、イスハークはしてやったりな笑みを浮かべた。いつもの金のイカールは頭上になく、代わりに女性用のスカーフで顔を隠し、忍んできたらしい。

イスハークの大胆すぎる行動に驚嘆し、鷹臣は額を押さえた。

「無茶をなさる……」

「どうしても鷹臣に会いたくて、予定を早く切り上げて戻ったのです。鷹臣の顔を見ないと、……キスをしないと眠れません」

ますます流暢になった日本語で可愛いことを言われてしまうと、それ以上は怒れない。

もっと我儘を言っていい――そう告げたあの日から、イスハークは少しずつ、自らの欲求を隠さなくなってきた。驚かされることもあるが、自分にだけ素の彼を見せてくれているのだと思うと嬉しくて、鷹臣もつい甘やかしてしまう。

「今日はお疲れでは？」

ベッドの縁に片膝をつき、身を寄せてくるイスハークの髪をすくい上げる。シャワーだけでも浴びてきたのか、柔らかな髪からは微かにパチュリの香りがした。

「多忙な日は逆に目が冴えるのです。眠らせてください、鷹臣」

イスハークの額にキスを落とし、誘われるままシーツに縺《もつ》れ込む。半分は本音なのだろう、言われてみれば、目の下に疲れの色が滲んでいるようだ。

古くからの慣習を塗り換え、髭を生やさないことが通常となったイスハークの滑らかな頬に指を這わせる。

「こういうの、日本では夜這いっていうんですよ」

「よばい……？」

このところ、イスハークとふたりきりのときの会話はほぼ日本語だった。鷹臣ともっと親密に話したいからと、イスハークに頼まれたせいもある。

「肉交のために、夜、他人の寝所を訪れること、ですよ」

「あ……っ」

仰向けのイスハークの側面に身を添わせ、口接けながら乳首を摘む。薄い衣《きぬ》の上から転がしてやると、イスハークは態度を一転し、恥じらうような素振りを見せた。逃げをうつ下肢を片膝で封じ、膝まで捲れ上がっているカンドゥーラの裾をたくし上げる。いつもの手順、太腿の内側に這わせた手を、イスハークが慌てたように掴んだ。

「っ……っそこは」

「俺に、抱かれに来たんでしょう？」

耳許で、わざと直截な言葉を囁く。事実、それが本心なのだから言い訳のしようがない。イスハークの身体から力が抜けるのを待って、脚の間へと手を這い込ませる。

「……？」

いつも以上に恥じらったわけがわかって、鷹臣は口端を上げた。カンドゥーラの裾を、腰まで捲り上げてやる。

「準備がよろしいですね、陛下」

カンドゥーラの下には、なにも身につけていなかった。もじつく脚の間、頂《いただき》を濡らす屹立が露《あらわ》になっている。

いくら急いでいたとしても、大人なら下着を穿《は》き忘れるような手抜かりはしないはず。その証拠に、狭間《はざま》の奥が温かく湿っている。

「こ、これは……、我が国では普通です」

「下着をつけないのがスタンダード？」

「……旧時代は、少なくとも……」

あらぬほうを見る横顔が、枕元の柔らかな灯りに浮かび上がる。

トイレ事情などを鑑みれば、たしかにその通りだろう。だが西洋化が進んだ現代は、下着を身につける文化が浸透している。

「正直におっしゃればいい。待ち切れなくて、下着をつけずに俺の部屋に来た、と」

やんわりと屹立を握り込み、鈴口をくちくちと弄くりながら耳を舐める。

「……っ」

「言わないと、なにもしてさしあげませんよ、陛下」

イスハークは喉を震わせ、胸を大きく喘がせた。

普段、命令することはあってもされることはないだろう。ベッドの上で、にわかに立場が逆転したかのような口調にかえってゾクゾクしているのがわかる。手の中でイスハークのモノが痙攣し、とろとろと蜜を零した。

「さあ」

いつになく嗜虐心《しぎゃくしん》を煽られ、わざと手を止めて促してやる。

もどかしさに、イスハークの腰がくねる。

「ま……待ち切れなくて……準備を、してきたのです……鷹臣と、早く、繋がりたくて……っ」

自らの欲に素直になった瞬間、何某《なにがし》かから解放されたようにイスハークの表情が蕩ける。淫らに弛んだ唇に、鷹臣は音を立ててキスをした。

「嬉しいですよ」

イスハークの脚の間に身体を入れ、細い腰を抱え上げる。部屋着の前を寛げ、漲《みなぎ》った自身を取り出すとイスハークの喉が上下した。

「あっ……」

すでに解され、奥まで精油で潤わされた後孔は柔らかく濡れている。そこに先走りの滴る先端を触れさせると、物欲しげにぱくつかせながら吸いついてきた。張りつめた亀頭部をぬるぬると擦りつけながら、イスハークに覆い被さる。

「鷹臣……？」

いつまでも入ってこない男に焦《じ》れ、イスハークが不満そうな目を向けてくる。

「日本語を、覚えたいのでしたね。俺にどうして欲しいか……言えますか」

頭のいい彼は語学だけでなく、色事のほうも覚えがいい。脚を大きく開き、鷹臣の腰を挟み込んだ体勢のまま、イスハークは唇を舐めた。鷹臣の悪乗りにさえ、生真面目に応えようとしてくるところが彼らしい。

「……が、欲しい……早く、鷹臣と、気持ちよく、なりたい、……っ」

羞恥に耐え、たどたどしくも必死に訴えてくるのがたまらなかった。

イスハークの腰を摑み、一気に奥まで貫く。ぬめる粘膜を押し開き、尻臀《しりたぶ》に硬い下腹部を打ちつけた。全身を強張らせ、声もなく仰け反ったイスハークが、喉をひくひくと戦慄《わなな》かせる。

「ぁー……っぁ……っ」

「本当に、可愛い人だ、あなたはっ……」

深く浅く、律動を繰り返すたびに臍《へそ》の上で性器が揺れている。嬌声《きょうせい》がひっきりなしに迸り、開いたままになった口端からは透明な唾液が伝い流れた。

「あっ、んっ、待っ……なか、熱い……っ」

イスハークが怖がるように右手を伸ばし、下腹部を押さえる。中の摩擦が生み出す熱か、それとも欲望に蕩け切った粘膜のせいなのか。胸許に顔を埋め、乳首を軽く噛んでやる。イスハークはビクビク震え、喉許をさらして乱れた。

（——蕩けそうだ……）

聞こえるのは、湿った肌を打つ音と吐息混じりに掠れた嬌声のみだ。中の粘膜が自身に絡みつき、しゃぶりつくような蠕動で扱き上げてくるのがたまらない。揺さぶり上げるたびに長い髪が乱れ散り、小さな照明の輪の中に妖艶な痴態を浮かび上がらせる。

「っふ……ッ」

誘惑に乗ったつもりでいても、いつの間にか夢中になっている。溺《おぼ》れているのは自分のほうかも知れない。逃げようともがく腰を引き戻し、最奥まで叩き込む。

「あっ、あー……っ、やっ、だめ……っ……鷹臣……っ」

「ああ、そんなはしたない声を上げたら、外に聞こえてしまいますよ……」

声を低めて窘めると、イスハークはハッとしたように口を噤《つぐ》んだ。しかし、すぐにまた耐え切れなくなったのか、唇から啜《すす》り泣くような声が漏れ始める。激しい律動と快感に翻弄《ほんろう》され、どうしようもないらしい。手を噛む前にキスで口を塞いでやると、イスハークは不意に両手を伸ばし、鷹臣に抱きついてきた。

「ったた、かおみ……っ」

強い力でしがみつき、背中に爪を立てる。限界が近いのか、イスハークの身体はガクガクと震えていた。鷹臣の肩口に顔を埋めたまま、掠れた声が切れ切れに訴える。

「っ……、いたい……」

「痛い？」

「ずっと……一緒に、……っ」

おそらく、偽りない本心なのだろう。

思わず顔を覗き込もうとしたが、イスハークはさらに強くしがみついてきて、それを許さない。ずっと押し殺してきたであろう彼の胸の裡の切なさに、言葉を失う。

「……イスハーク……」

自分も同じ気持ちだと、言ったところで現実がそれを許さない。どうすることもできないまま、込み上げるものすべてを叩き込むように激しく腰を打ちつけた。悲鳴じみた喘ぎに、泣くような音が混じり込む。

「イスハーク、……一緒に、いって」

求めてくる身体を強く抱き締め、耳朶《じだ》に口接ける。

——あなたを独り占めできたなら、どんなに素晴らしいだろう。


ゆっくりと、波が引いていく。

後始末を終えた後も、イスハークはなかなか起き上がらなかった。いつもなら、事がすむと名残を惜しみつつも寝所に戻るところを、いつまでも寝台でぐずぐずしている。彼の肌を拭ったタオルをテーブルに放り、鷹臣はベッドの縁に腰を下ろした。

「今夜は、ごゆっくりなのですね」

寝そべったままのイスハークの背中に散らばる絹糸のような髪を撫でる。クッションに顎を埋めたイスハークが、物憂《ものう》げに首だけ擡《もた》げて鷹臣を流し見た。

「部屋に、帰りたくありません……」

最中に吐露した言葉を思うと、強くは言えなかった。手櫛で髪を梳《す》きながら、背中にそっとキスをする。

「俺は構いませんが。朝までここにいても、大丈夫なのですか？」

「いいのです……本当なら明日の朝にこちらに着く予定だったのですから。今夜一夜、あなたのベッドで寝かせてください」

「珍しく、甘えてくださるのですね」

イスハークは気怠《けだる》い溜息を吐くと、上半身だけ寝返りを打った。試すような目で鷹臣を見上げる。

「鷹臣には、我儘を言って良いのでしょう？」

返事の代わりに、鷹臣は微笑を浮かべた。

賢《さと》い彼は、鷹臣が以前に言ったことをしっかり覚えているらしい。

鷹臣はイスハークの顔の横に手をついて、柔らかい頰にキスを落とした。啄むキスを何度か繰り返した後で、イスハークが溜息混じりに囁く。

「私だって人間です……本当はもっと一緒にいたい……」

同じ宮殿内にいるとはいえ、ふたりきりで睦《むつ》み合える時間は少ない。仕方のないことではあるが、初めて恋を知った若い身には不満もあるに違いない。

「一度くらい、宮殿から連れ出して欲しかったですか？　有名な映画のように」

「いいですね。たまには立場を忘れて、普通の恋人みたいなデートをしてみたい……夢のような話ですが」

「お望みなら、いつでも」

イスハークは少し考えるような素振りを見せたが、すぐに諦めの表情を浮かべた。鷹臣の手を取ってキスをする。

「だめです、いまは。鷹臣が咎めを受けてしまう」

「アブドルラハマーンに怒られるくらい、俺は平気ですよ」

「それだけでは、すみませんから……」

強硬スケジュールで、かなり疲れが溜まっているのだろう。眠気が急激に襲ってきたのか、イスハークが小さな欠伸を漏らした。

徐々に閉じてくる目蓋に、鷹臣は優しくキスをする。

「いまは無理でも、いつか、必ず」

「……はい……約束……」

言葉が途切れたと思ったら、呼吸がとうとう寝息に変わった。ここでは安心して眠れるらしい。無防備な寝顔に、鷹臣はしばし見入る。

「おやすみなさい、陛下」

いつか、自分がその願いを叶えるから。

唇にそっとキスを落とし、鷹臣はシーツを引き上げた。


「トオノセンセイ！」

いつものように病室に顔を出すと、サラーヤは大歓迎で迎えてくれた。ベッドに半身を起こし、リハビリのためか、テーブルにはパズルが広げられている。

「王女様はご機嫌麗《うるわ》しいご様子ですね。イスハーク陛下もご一緒でしたか」

王女の病室で三人が顔を合わせるのは、すでに日常の一部となりつつあった。ベッドサイドに座っていたイスハークが、少し照れたように頷く。

「サラーヤの調子がいいようなので、退屈しのぎに差し入れを」

「たまに頭痛がするくらいで、暇なんだもの」

「頭痛？　吐き気などはありますか」

「ないけど、肩とか腕の筋肉がぴくぴくするの」

白衣の内ポケットからタブレットを取り出し、過去の受診歴を診る。先日の検査の結果には問題ない。サラーヤの首筋や肩に触れ、凝《こ》りを確認する。

「おそらく緊張性頭痛でしょう。女性に多いんです。薬を飲んで効かなかったら再検査を」

「あ、あのね、苦いのイヤ……大きい錠剤もオエッってなるから苦手なんだけど……」

「わかりました。甘いシロップにしておきます」

サラーヤはにっこり笑った。

「ありがとう、センセイ大好き！」

「はいはい」

経口《けいこう》の筋弛緩剤でいいだろう。鎮静効果が高く、量に気をつければ依存が起きることもない。まだまだ感染や術後の合併症にも注意が必要だ。見かけは元気でも、体力の消耗《しょもう》やストレスはできるだけ排除したい。

調剤を依頼する鷹臣の手元を、イスハークがさりげなく覗き込んだ。

「すみません。調子がよくなると途端に我儘が出始めて、困ったものです」

「我儘？」

「昨日は『馬に乗りたい』などと」

「それはまだ早いですね」

困った顔も可愛い、などと甘ったるいことを考えながら、イスハークを見つめる。イスハークはすぐ視線に気づき、柔らかな微笑を返した。ぺろっと舌を出すサラーヤの頭上で、互いにしかわからない視線が交わされる。

（いつもの、イスハークだ……）

あの日の翌朝、鷹臣が目を醒《さ》ましたときにはすでにイスハークの姿はなかった。夜が明ける前にベッドを抜け出し鷹臣を、起こさぬように帰ったらしい。

吐露した胸中など忘れたように、イスハークは明るく振る舞っている。そのことがずっと心に引っかかっているものの、なにもできないまま帰国のときだけが近づいていた。

「おお、Dr．トオノ！　ちょうどよかった」

イスハークより一足先に病室を出た鷹臣を見つけ、ターヒルが走ってくる。探していたらしい。息を切らせながら携帯電話を差し出される。

「日本から、電話が入っていますよ。繋がってますから、どうぞ」

「日本から……？」

いつもは首から提げている院内携帯を、うっかり医局に忘れてきていたことに気づく。余所《よそ》事《ごと》を考えていたせいだろうか。反省しながら、礼を言って受け取る。

「もしもし？」

急いで出ると、相手は以前から世話になっている病院の医局長だった。

ピッキング・オペで対応して欲しい患者がいるという。緊急というほどではないが、できるだけ早く帰国して欲しいという要請だった。

ＭＲＩなどのデータを送るように頼み、受話器を置く。サラーヤの容態も落ち着いたいま、帰国要請を断る理由はない。

（急を要するわけじゃないにしても、俺が執刀したほうがいい案件だ……）

唯一、心残りがあるとすれば、それはイスハークとのことだった。

急速に縮まったふたりの関係は、いまが蜜月といっても過言ではない。だが、この国を離れることになれば、過去の恋人たちみたいにならないとも限らない。

（……手放したく、ない……）

ずっと一緒にいたいと、切ない本音を吐露したイスハークを思い出すと、切り出すことさえ躊躇われる。

鷹臣がオズマーン王国を去る日が刻一刻と近づいてきていた。


「鷹臣、どうしたのですか？　顔色が冴えませんね」

裸のまま、ベッドに俯せに寝そべったイスハークが声を掛ける。オイルランプと間接照明の柔らかな光が輪を広げる室内には、まだ濃厚な官能の空気が漂っている。

鷹臣は枕元の水で渇いた喉を潤し、口許を拭った。

「オペの依頼が来ました」

短く答え、汗ばんだ肌にガウンを羽織る。

「そう、ですか……。終わったらまたすぐに戻ってきてくださるのですよね？」

「そうしたいのは山々ですが」

重なるときは重なるもので、アメリカの病院で半年ほど待機している患者の容態もよくなかった。抗がん剤で先に腫瘍を縮小させてから手術をするという話になっていたが、患者の体力が落ちてきているとメールが入っていた。このままだと手術の麻酔にも耐えられなくなってしまう。

「早めに執刀しないと体力の心配な患者がいるんです。そろそろ日本に戻らないと」

ベッドの縁に腰を下ろすと、背後から長い腕が絡みついてきた。昼の顔と夜の顔のギャップに、いつもながらゾクゾクさせられる。振り返りざま、イスハークの頬に唇を押し当てると、彼は抱きついたまま耳許で訊ねてきた。

「私の許から去る、とおっしゃるのですか？」

「そうじゃない。ただ、そろそろ」

「この国に、あなたの病院を建てましょう。最新の施設と医療機器を揃えさせて、腰を据《す》えて治療ができるような入院施設も作ります。世界中のどこからでも患者を移送できるような専用機も」

「イスハークが言うと冗談に聞こえませんよ」

「冗談などではありません。宮殿でも病院でもなんでも差し上げます。だからこの国に留まって……私の傍にいてください」

怖いほど真剣な眼差しから、イスハークの本気度が伝わってくる。

気持ちは嬉しいが、現実的ではない。

鷹臣は苦笑し、イスハークの腕を解いて向き合った。

「患者の負担を考えると俺が移動したほうがいい。たくさんの患者が、俺の手術を必要としてる。俺はそれに応えなきゃいけない」

「では……では次に会えるのはいつですか？」

いつ、と確約はできない。

答えられないでいると、イスハークは肩を落として俯いた。

「困らせてすみません。鷹臣にしか救えない命があるのはわかっています……でも……」

語尾が悲しげな溜息に飲み込まれる。

「鷹臣は魅力的です。きっと多くの人が放っておかない。鷹臣はきっとそのうち、私を忘れてしまうでしょう……」

「そんな心配をなさっているんですか？」

「当然です。いつも浮き足立っているのは私ばかりで、鷹臣は最初から手慣れていたじゃないですか。本当は世界中に恋人がいるのではありませんか？」

否定しようとして、しかし鷹臣は顔が弛むのを止められなかった。

イスハークが嫉妬《しっと》しているのだとわかったからだ。

「イスハーク、俺には、あなただけですよ」

項垂《うなだ》れたイスハークの旋毛《つむじ》に、優しくキスをする。

心から、愛している。

その気持ちに嘘偽りはない。

だが、この国では同性同士の関係は認められない現実がある。

ましてや彼は唯一絶対の国王だ。イスハークに愛する民がいるように、鷹臣にも手術を必要としている患者がいる。結果的にこの恋が、千夜のうちのたった一夜のものとなってしまっても、互いに見捨てられないものを背負っている。

「イスハーク、あなたを愛する気持ちに偽りはありません。ですが、あなたも恋に溺れていいお立場ではないでしょう」

俯いていたイスハークが、ゆらりと顔を上げた。

「――だったら、終わらせなければいい」

「イスハーク、……!?」

噛みつくように口接けられ、鷹臣は瞠目《どうもく》した。深く舌をさし入れられ、甘い唾液を注がれる。

咄嗟に顔を背けたが、もう喉を通ってしまったあとだった。

「イスハーク……」

イスハークの目には、ほの昏《ぐら》い焔《ほのお》が揺れている。

「どこにも行かせません。あなたは私のものです」

凄絶な艶を滲ませるヴィトレイルの瞳にクラリとした。起き上がろうとして、自分の身体が思うように動かないことに気づかされる。

「……!?」

動作が緩慢《かんまん》になり、徐々に手足までが痺《しび》れ始めた。急激な眠気に抗えず、ベッドに組る。

（口移しになにか……なにを……？）

喉に残る人工的な甘味は、まるでシロップのような喉越しだった。効果を喩《たと》えるなら、麻酔か、即効性の筋弛緩薬のような――。

「！　イス……ハーク……」

うすれゆく意識の中、必死に手を伸ばす。

イスハークはその手を取り、愛おしそうに頬ずりした。

「私の傍にいてください、愛しいひと《ハビービー》……」

【III】


砂漠には、夜に咲く花がある。

昼は慎ましく閉じていた蕾が、夜の闇に包まれた途端、しどけなくその花弁を開くのだ。

大輪の雄花は夜露《よつゆ》に濡れてなお美しく、麝香《じゃこう》のような甘い香りと艶《いろ》を放つ。

「――ん……」

意識が戻ったとき、鷹臣は大人が四、五人は並んで眠れそうな大きさの円形のベッドに仰向けに寝かされていた。暗闇に目が慣れてくるのを待って、鷹臣は目を瞬く。

（どこだ、ここは）

自分の部屋でもなければ王の寝所でもない。天井の模様も調度品も、なにひとつ見覚えがない部屋だ。

身体の痺れはかなりうすれていたが、まだ起き上がれるほどではない。

枕元で焚《た》かれている甘ったるい香の匂いにクラクラする。

（身体が、重い……）

いったいなにが起きたのか、まだ把握し切れていない。

「あぁ……、気が、ついたんですね」

不意にイスハークが、両手を脇についていて顔を覗き込んできた。薄桃色に上気した、淫蕩《いんとう》な表情だ。よく見れば、自分も相手も服を身につけていない。身体が重かった理由がわかって、鷹臣は掠れた声で抗議した。

「イ…ス…ハーク……こんなこと……」

「そろそろ、起きてもらおうと思っていたのですよ」

だがイスハークは長い髪を気怠げに掻き上げると、鷹臣の胸許に顔を伏せた。

「……う……！」

乳輪ごと噛みつかれ、腹筋に力が入る。

心身が一気に覚醒《かくせい》する。

(なんだ、これは……)

動くことはできないのに、なぜか感覚だけは鋭い。

イスハークが自分に盛ったのは王女に処方した薬剤を持ちだしたものだと思っていた。

おそらく、別れの時が近づいているのはイスハークもわかっていたのだろう。

だが、あの筋弛緩剤に誘淫的な効能はなかったはずだ。もしかしたらまったく別の、媚薬《びやく》のようなものを調合したのか——いや、違う。

「まだ起き上がれないでしょう。いいのですよ、そのまま寝ていてください。すべて私がしますから……」

イスハークが濡れた舌で唇を舐める。噛んだときに出血したらしく、舌先にうっすらと血が滲んで赤い。

鷹臣の手順のままに、やがて彼は枕元の香油の瓶を手に取った。中身を掌にあけると、とろみのあるオイルが滴り落ちる。細い五本の指がテラテラと淫靡《いんび》に光る。

「う、――ッ」

オイルまみれの手でペニスを握られ、鷹臣は思わず眉を寄せた。

自慰の経験すら乏しいイスハークは加減を知らない。過敏になった身体に、強すぎる刺激はむしろ苦痛に近かった。

だが鷹臣の反応に、イスハークはかえって興奮した様子で喉を鳴らす。

「いつもと、逆ですね……」

すでに昂り切っているモノを握り込み、オイルを塗りつけるように上下に擦る。指を絡め、にゅるにゅるいやらしい音を立てて塗《まぶ》しつけると、待ちかねたように上にのしかかってきた。

「ふ……っ」

自身の指で双丘《そうきゅう》の狭間を開きながら、ゆっくりと腰を落としていく。

オイルの潤滑があるとはいえ、やはりきついのだろう。大きすぎるモノを指で支え、苦しそうに眉を寄せている。

「無理です……怪我をする」

「へいき、です……っ」

粘膜を限界まで引き伸ばし、鈴口の太い部分を飲み込む。はっ、はっ、と短く息をつくイスハークは、しかしどことなく陶然《とうぜん》としていた。

「イスハーク……まさか、ご自分で、慣らして……？」

イスハークの表情に、一瞬だけ恥じらいがよぎる。だが、すぐに目を伏せ、挿入行為に没頭した。張った先端がずるずると粘膜を擦り上げながら奥へと侵入していくのが気持ちいい。自らの体重でじわじわと身体を沈め、やがて汗ばんだ肌が密着する。

「っ……入りました、よ……」

鷹臣の厚い胸板に両手をつき、イスハークが苦しげに息を吐いた。中がひくひくと痙攣し、もっと奥に引き込もうと複雑に蠢《うごめ》いているのがわかる。

（まさか、身体で籠絡《ろうらく》する気か……？　陛下も、随分なことをなさる……）

「ん……っ」

馴染むのを待たずしてイスハークは腰を浮かせた。ずるりと抜け出てきたペニスを、鈴口ギリギリで再び飲み込む。

「あ……っあ……っ」

慣れない騎乗位に身体がついていかず、律動はひどくぎこちない。それでも懸命に腰を振るイスハークの表情が、苦痛から次第に悦楽へと変化していくのを鷹臣は凝視する。疼《うず》く欲望を持て余しながらも目を離せない。

「まさか……あなたに主導権を奪われる日が来るなんて、思いませんでしたよ……」

重い腕を持ち上げ、細い腰を摑む。深いところまでを抉《えぐ》られて、イスハークはのけぞった。咄嗟に胸元についた手が、鷹臣の肌を引っ掻く。

「あ、んっ……わ、たしだってこんな……恥知らずな姿をあなたに見せることになるなんて、思いませんでした、……っ」

とろりと表情を蕩けさせたイスハークに、もはや一国の王の威厳はない。淫奔《いんぽん》なその姿はまるで高級娼婦のようでもあり、一途さの権化《ごんげ》でもあり、鷹臣をたまらない気持ちにさせる。

（イスハーク……俺の……俺だけの陛下……）

こんなにも愚かで愛おしいひとを、見たことがない。

「ん、……っん、っあ……す、き……ったか、おみ、鷹臣……っ」

イスハークの瞳から、涙が滴り落ちる。

「すき……好き……っ」

たどたどしい日本語で繰り返されるワードが鷹臣の心を揺さぶる。

（……イスハーク……）

王を堕落《だらく》させたのは自分だという罪悪感。肉の快感に抗えない自身への呆れ。こんなことをしている場合ではないという焦燥《しょうそう》。

そのすべてを凌駕《りょうが》するほどの想いを、熱い身体に注ぎ込む。


次に目を醒ましたとき、イスハークの姿はなかった。

昨夜の出来事はただの淫夢《いんむ》だったのだと思いたかったが、すぐにその期待は裏切られた。

半身を起こし、見覚えのない部屋を見回して、嘆息する。時計はないが、窓から差し込む日の光から察するに、もう昼近くにはなっているだろう。

（いったいどういうつもりなんだ……）

結局、なにも聞けずじまいだった。

そもそも、ここはいったいどこなのだろう。広い宮殿の内部だということはなんとなくわかるけれども、ひとりで脱出するのは難しそうだ。

幸いにも薬の効果は切れていて、後遺症と言うほどのものもない。鷹臣は部屋を出ようとベッドを出たが、ドアノブに手がかかることはなかった。

（……なんだ、これ）

がくんと身体が振られ、呆然《ぼうぜん》と腕を見る。

天蓋《てんがい》ベッドの支柱から伸びる鎖が、左手首の枷《かせ》へと繋がっていた。

鎖は軽く頑丈で、鷹臣が力一杯引っ張っても切れそうにない。室内を歩き回れる程度の長さは確保されているが、錠前の鍵がなければ部屋の外に出ることは不可能だ。電話やパソコンなどの通信手段もない状態で、外部との連絡は一切、遮断されている。

「……っ、だれか！」

大声を上げようとしたときだった。

ノックとともにドアが開き、アリが顔を覗かせる。助かったと胸を撫で下ろしたが、アリは鷹臣を見るなり、表情をかたくした。

「おはようございます。お目醒めだったのですね。すぐにご朝食をお持ちします」

「後でいい、それより枷を外すのを手伝ってくれないか」

「それはできません。鍵を持っているのは陛下なので」

「……………」

やはりイスハークが仕組んだことのようだ。だがアリがここにいるということは、少なくとも鷹臣の監視なり身の回りの世話なりを命じられたということだ。

「陛下から、この状況についてどう聞いている？」

「……これ以上のことは言えません。王の命令は絶対です。どうか、お戻りを」

なにも言うなと固く口止めをされているらしい。肝心なことになるとアリは首を振って答えようとしなかった。捕まえて問いつめることもできようが、それは絶対君主制が身に沁みついているオズマーン国民には酷《こく》だろう。

「わかったよ。せめて、ここはどこかだけでも教えてくれ」

「……後宮《ハレム》です」

「ハレム……」

乾いた笑みが漏れた。

アラビアンナイトさながら、どうやら自分は後宮に囚《とら》われの身らしい。後宮の扉には外からしか開かない鍵をかけられていて、入ってこられるのは王のみだという。つまりこの部屋は、王が囲った愛妾《あいしょう》と交わるために作られた部屋なのだ。

（参ったな……）

イスハークの豹変《ひょうへん》ぶりにも驚いたが、まさか自分がこんな目にあうとは思わなかった。どさりとベッドに腰を下ろし、肩を竦める。

これでは帰国どころか、外部との連絡さえ取れない。

「アリ、病院は？　俺が急に行かなくなったら変に思われるだろう」

「……Ｄｒ．トオノは、休暇をとられたということになっています。元々、王女の主治医はターヒル様ですので、気にせずゆっくりお過ごしください、と」

「枷を填《は》められた身でゆっくり、か」

周到に根回しもすんでいるらしい。

それこそ魔法のランプでもない限り、脱出は不可能だ。

「……失礼いたします」

アリは目を伏せたまま、部屋を出ていった。


じゃらりと、鎖を持ち上げて見せる。

「いい加減に、これを解いてくれませんか」

まただ。感覚は鋭敏なのに、思うように動けない。

おそらく、直前に口にした水の中に、なにか薬剤でも混入されていたのだろう。口接けを拒めば食事に、食事を拒否すれば今度は水にと、油断も隙もない。

「それは、……っん、だめです……」

なかば勃ったペニスを口から出し、イスハークは手の甲で口許を拭った。顔に纏わりつく髪をうるさそうに掻き上げる。

「解いたら、鷹臣は私から逃げてしまうでしょう？」

「あなたから逃げたいなんて思うわけがない」

「……本当ですか」

硬くなったモノを手で擦りながら、イスハークが探るような視線を向けてくる。

あの気高いイスハークが、自分のモノを口にしている。その事実だけでも射精してしまいそうなのをなんとか堪えている状態だ。

「もちろんですよ――でも、あなたの言いなりにはならない」

期待に弛みかけたイスハークの唇が、キュッと引き結ばれる。だが直後、開き直ったように言い放った。

「わかっていますよ……だから、私は、あなたを一生ここに閉じ込めて、離さないと決めたのです」

イスハークが大きく口を開き、鷹臣の股間に顔を伏せる。じゅぷじゅぷと音を立て、再びフェラチオに没頭した。唾液と先走りで濡れ切ったペニスがビクビク震え、また一段と大きくなる。

「んっ……ふ……」

必死に男のモノを頬張って、小さな口が裂けそうだ。それだけでも充分に刺激的な光景なのに、イスハークの口淫《こういん》は回を追うごとに巧みになっていく。男相手の舌技を、同じ男である彼がどこで学んでいるのか、持ち前の学習能力だけでは説明がつかない。

「どこで覚えたんです……？　こんな、いやらしいこと」

重たい腕を伸ばし、イスハークの前髪を搔き上げる。

一瞬だけ、彼の頬に血の色が上ったが、すぐに顔を伏せてしまった。

「後宮には……王を悦ばせるための閨房術《けいぼうじゅつ》が伝わっているのです」

「王《オトコ》を悦ばせる、ね」

その昔、後宮の数多《あまた》の妻たちが、王を独り占めしたいがために編み出した技巧。それを、王であるイスハークが実践するなんて、だれが想像するだろうか。

「ふ、っ……」

——後宮の一室に監禁されてから、何日が過ぎただろう。

イスハークは夜になると後宮へやってきては鷹臣を貪《むさぼ》る。日を追うごとに淫らに、より激しくなっていく荒淫《こういん》ぶりは尋常ではない。そのくせ、部屋を出ていくときは決まって罪悪感にうちひしがれた顔をしているのだ。

わかっている。きっと本人も、頭では理解しているのだろう。

だが感情が納得させられなくて、子供が駄々を捏ねるようにこんな形で引き留めようとしている。根底にある彼の切なさが理解できるだけに心を裂かれる思いだった。

（でも、こんなことが続けば、いずれ王の立場にも関わる……）

アリから伝え聞いたところによれば、すでに「王が後宮に寵姫《ちょうき》を匿《かくま》っている」という噂がちらほらと宮殿内でも囁かれているらしい。おそらくそれは、アブドルラハマーンの耳にも入っているに違いない。

これまで浮いた話のひとつもなかったイスハークに、そのような相手がいるとなれば国事にも影響する。宰相であるアブドルラハマーンも、すぐに「お相手」がだれであるか知ろうとするに違いない。

（最悪、俺はどうなっても構わないが……）

いまの状態が明るみに出れば、間違いなく国の一大事だ。

せめて、アブドルラハマーンが秘密裏になんとかしてくれるような人物であればよかったが、あの堅物ぶりを見る限り、柔軟な対応は期待できまい。

そんな鷹臣の気鬱《きうつ》を他所《よそ》に、イスハークは夜ごと通ってくる。まるで初めて手に入れた大事な玩具を、だれにも盗られまいとする子供のようだ。夢中になるあまり、他のことが見えなくなっている危うさに気づいていない。

「ふふ……まるで逆千夜一夜ですね。恋人を引き留めるために、王がこのように腐心しているなど」

イスハークは口で鷹臣の雄を昂らせると、夜着を捲り上げて挑んできた。

「う……んん……っ」

鷹臣の下腹の上に跨《またが》り、やや強引に腰を落としていく。プライドも羞恥もかなぐり捨てた淫らな姿は、媚薬の効果以上に鷹臣に効いてくる。

「……っふ……っく、ぁあ……っ」

鷹臣を根元まで飲み込んで、イスハークは舌なめずりした。相変わらず締まりはきついが、少しは慣れてきたのだろう、表情には悦楽が滲み出ている。香油に濡れた窄まりが亀頭にしゃぶりつき、奥まで飲み込もうと貪欲に蠢いていた。視覚と触覚、双方から昂らされ、鷹臣も喉を鳴らす。

「イスハーク……」

ゆっくりと腰を持ち上げ、奥まで飲み込む。中が熱く蕩けて、たまらない。騎乗位で乱れるイスハークは凄絶なまでに淫らで美しい。

「中をひくつかせていやらしい……いつの間にこんな身体になったんです？」

「あっ！　あぁっ」

腰を摑んで下から容赦なく突き上げる。

何度も跳ね上げられたイスハークはゾクゾクと背筋を震わせた。止めさせようと伸ばした手を一纏めに摑んで押さえ、より深いところまで刺し貫く。大きく張った先端に悦楽の凝《しこ》りをごりごりと擦られて、イスハークは激しく首を振った。

「あ、だめ、そこ、あぁ……んっ、止まら、な……っ」

もう自分でも腰の動きが止められないらしい。

「——ッ」

腰の上で開き切った太腿の内側がぴくぴくと痙攣する。

イスハークが弓なりに背を撓らせ、反らした喉を痙攣させるのを鷹臣は下から見上げた。下腹部に白濁を撒き散らすのとほぼ同時に、イスハークの体内に熱い体液を注ぎ込む。

「ぁあ、……っ、はっ、はぁっ……ぁ……っ」

イスハークは呼吸を荒くしたまま、がくりと胸元に手をついた。鷹臣の顔を覗き込む。

強引な行為とは裏腹に、まるで迷子の子供みたいな目だ。後宮に監禁するほどの独占欲に駆られつつも、どこか我儘になり切れない。

「——いやらしくて、可愛い、俺のイスハーク……」

うすく色づいた頬に、自然と手が伸びる。

イスハークの頭ごと引き寄せ、その唇に口接けた。このままではいけないと思いつつも、ずっとここに監禁されていたいような、相反する気持ちがせめぎ合い、そして——。

「……？　イスハーク……？」

頬に、幾粒もの雫が当たって弾けた。

汗ではない。目蓋を開けると、イスハークの目から透明な涙が滴っているのが見えた。

慌てて髪を撫で、イスハークの涙を指で拭った。

「ど、どうしたんですか？　もしかして嫌でした？　すみません、最後、ひどくして……」

「違います」

イスハークは首を振り、涙に濡れた瞳を上げた。

「そうではないのです。……さすがに……もう、嫌われたと、思っていたので」

自暴自棄《じぼうじき》になっていた部分もあるのだろう。鷹臣からの口接けで目が醒《さ》め、感情の箍が外れたらしい。

「イスハーク……」

一連の暴走は深すぎる愛情の裏返しだ。どうしたらいいか、わからないでいる間に引っ込みがつかなくなってしまうことはだれにでもある。

人を愛することにかけては、まだ未熟なのだ。

（ずっと……気を張ってきたんだろうな……）

悄然《しょうぜん》と震える肩を優しく摑み、胸に抱き寄せる。

「嫌いになどなりませんよ。俺をなんだと思ってるんですか？　患者の我儘には慣れてるし、それに……」

子供をあやすように髪を撫でながら、耳許にキスをする。

「一途に俺を求める貴方は……正直、男としてたまらなかった」

「……っ」

イスハークが黙ったまま、鷹臣の腕を摑む手に力を込める。

「この国の王ともなれば、望めばなんだって手に入るでしょう。でも、懸命に生きたいと願う患者の希望まで奪う権利はないんです」

「……それは、わかっています……」

「もし俺がここへ来なくて、サラーヤの命を救えなかったら、あなたはいまごろどうしていました？　どんな心持ちでここにいたか……」

サラーヤの病気に心痛めた日々を、イスハークは思い出したらしい。恥じ入るような声で謝罪した。

「ごめんなさい。鷹臣の言う通りです。やってはいけないことをしました」

「わかってくださったのなら、それで結構です」

恋熱に浮かされ、一国の王としてあるまじき言動をしたことにようやく気づいたようだ。温厚で素直な、本来のイスハークの姿に戻ってくれたことに安堵する。

イスハークは振り切るように溜息をひとつつくと、鷹臣からそっと離れた。

「鷹臣は、ここで待っていてください」

ガウンを羽織り、意を決したように寝室を出ていく。

しばらくして、開け放したドアの向こうから、なにか話している声が聞こえてきた。相手は電話の向こう側のようだ。

やがて戻ってきたイスハークは、クーフィーヤを手に鷹臣と向き合った。

「航空機を一機、手配させました。明日の朝には発てるはずです」

「明日……!?」

「国王専用機ですから。そのほうが都合が良いでしょう？」

オズマーン王国は、国王専用機なるものを数十台、所有している。その専用機でひとっとびに日本まで送り届けると聞かされ、鷹臣は面食らった。

——これで、自分を必要とする患者の許へ行くことができる。

安堵したのは確かだが、寂しさがまったくないわけではない。いままでは同じ屋根の下にいたイスハークが、国境を隔てた、遠い国の人間になってしまうのだ。

「鷹臣は王女の命の恩人です。国賓として空港まで、私どもがお送りします」

「あ……ありがとうございます。でも、随分と急というか……」

「あなたを引き留めて、患者さんまで待たせてしまいましたから……」

タイムロスを、少しでも取り戻そうと考えたらしい。緊急性はないものの、なるべく早く手術をしたほうが患者にとっていいのは確かだ。

イスハークは寂しそうに微笑み、身を引いた。

「では、おやすみなさい」

背を向け、出ていこうとするイスハークの手を咄嗟に捕まえる。

「今夜は、泊まっていかないのですか？」

今夜が最後の夜になる。

せめて夜が明けるまでは一緒にいたい。

そんな思いで引き留めた鷹臣の手を、イスハークはそっと外した。

「きりがなくなります。きっとあなたに我儘を言って困らせる」

「イスハーク、俺はなにも二度とあなたと会わないわけでは……」

一緒にいたいと言えないまま、口を噤んだ。無慈悲に恋人を置いていく身で、いまさら愛《あい》執《しゅう》を残すような言動はあまりに身勝手すぎる。

「どうか、わかってください。鷹臣に嫌われたくないのです。明日は笑顔で見送れるようにしますから」

イスハークは軽く頭を下げると、振り切るように部屋を出ていった。

一度こうと決めたら未練を見せないのは、彼なりのけじめなのかもしれない。そう思うと、もう引き留めることはできなかった。

(イスハーク……)

ドアが閉まる前にちらりと見えた、悲しそうな顔が目に焼きつく。

今宵《こよい》の残り香は、切ないほど甘かった。

翌日の朝、サラーヤに急ぎ挨拶をすませた鷹臣は宮殿を出た。

今回は国王自ら空港まで鷹臣を送るとあって、車はナンバープレート一桁の王族用リムジンに、お付きの者も数百人ついた大行列となっている。市街の商いや交通もストップし、まるで祭のパレードだ。

大袈裟なことを嫌う鷹臣だが、見送りに参列するのが王を始めとする高位の者ばかりとあって正装に近いスーツを纏い、頭にはクーフィーヤを着用している。

（もっとひっそり出ていきたかったんだけどなー……）

下手な恰好ができないのも、王のお出ましということに加え、帰国時のいまとなっては「王女の命を救った医師」として鷹臣自身が英雄視されているからだ。

その、民が帰国を惜しむ医師が、神の化身とも称される絶対的君主を愛欲に溺れさせたと知れればどうなるか——窓の外を眺めながら、鷹臣は居心地の悪さに嘆息する。

「………」

リムジンの向かいに座り、ときどき国民に手を振るイスハークの目は兎《うさぎ》のように赤い。最後の我儘と、同じ車両に乗ったまではよかったが、車内の空気は重かった。

（もしかして一晩、泣いたんじゃないか……？）

そう思うと、胸苦しくて仕方がない。名残惜しいのは鷹臣とて同じことだ。

しんみりとした空気のまま、やがて車は空港に到着した。ついてきた従者に手続きを任せ、王族専用の通路を通って、搭乗口まで歩く。滑走路に待機する専用機の前で、ふたりは向き合った。

「お世話になりました。どうかご健勝で、陛下」

「こちらこそ、ありがとうございました」

他人行儀な挨拶を交わして離れる。濡れた瞳が、鷹臣を必死に追いかけている。人目さえなかったら、思うさま抱き締めて口接けを交わせたものを、それだけが心残りだった。

「マッサラーマ《また会う日まで》、愛しい人」

鷹臣にだけ聞こえる声で、イスハークが囁く。込められた想いはそのまま、乾いた風に攫われて消えた。

ナーセルが成人するまで、あと五年。王位を継ぐのはその後だ。次に会える日を確約できない状況で離ればなれになることに不安はある。

けれど、ここで終わりになるはずがない、そう信じて鷹臣はタラップを上がっていく。

（………？）

ふと、なにか胸騒ぎを感じて振り向く。

乾いた銃声が響いたのはまさにそのときだった。

「危ない……!!」

イスハークを突き飛ばすアブドルラハマーンの姿が目に飛び込んでくる。

血飛沫が鮮やかに視界を染め、イスハークの身体が床に崩れ落ちていくのをまるでスローモーションの映像のように見つめる。

「我らが神のために！」

側近の列の中にいたアリが叫び、短剣を自らの胸を突き立てた。だが寸前で親衛隊に取り押さえられ、地面に倒れ込む。

「陛下を！　陛下をお守りしろ！」

全員が臨戦態勢に入る中、アブドルラハマーンがイスハークの身体に取り組った。

「陛下！　陛下！　どうか目をお開けください！　陛下!!」

悲痛な声に、ハッとする。考えるより先に、

「動かすんじゃないっ！　そこを退いてくれ！」

二段飛ばしにタラップを駆け下りた鷹臣が、イスハークに飛びついた。取り組るアブドルラハマーンを退かせ、脈を取る。

（くそ……なぜ気づかなかった）

傍にいれば守れたのか。いや、いまはそんなことを考えている場合ではない。

床に押さえつけられたアリが、口の中に布を突っ込まれ、呻《うめ》きを上げながら引っ立てられていくのが見える。自害を阻止された彼にはこれから尋問が待っているはずだ。

「イスハーク、答えてくれ。頼むから……」

微弱だが呼吸はある。心臓も微かだが動いていた。頭を撃たれたせいで出血がひどく、白い衣装も真っ赤に染まっている。

懸命に救命処置を施すが、イスハークは呼びかけに応えない。顔色はみるみる青ざめていき、一刻を争う事態となっていた。

「ああ、なんてことだ。間に合わなかった。ああ、ああ、申し訳ございません、陛下……陛下をお守りするのが私の役目であるにも拘らず」

「アブドルラハマーン、救急隊は」

「すぐに来る。おい、医者！　陛下は助かるんだろうな!?」

「少し黙れ！」

血が止まらない。辺りは血の海で、止血する鷹臣の手にも生ぬるい血が吹き出してくるのを感じる。

「陛下！」

すぐに空港の救急隊員たちが駆けつけてきた。だが状況を一目見るなり、全員が絶望的な表情を浮かべる。

自らをも叱咤《しった》するように鷹臣は叫んだ。

「輸血の準備！　頭を固定して、ストレッチャーで運ぶんだ。絶対に揺らすな！」

周囲を気にしてなどいられなかった。怒鳴られた救急隊員たちが我に返って動き始める。

彼らに指示を与え、自らも処置しながら一緒に走った。

「王立病院に連絡を！　弾丸を摘出する！」


つい最近まで、勤務していたと言っても差し支えないほど通いつめた王立病院。

慌ただしく戻った鷹臣を待っていたのは、ターヒルを始めとした信頼のおける医療スタッフたちだった。

「時間がない。剃毛は側頭部のみでいい。耳側からアプローチする」

「はい……っ」

「とにかく止血を！」

すでに大量の出血があり、イスハークはショック状態となっていた。

銃撃の外傷による脳の損傷がどの程度かはわからない。

緊急で撮られたCT画像には、大脳辺縁系と視床下部のすぐ際に留《とど》まっている弾丸が、くっきりと写っていた。

（……貫通していたら死んでいた……）

ディスポ・ブラシをつかい、爪の中まで手を洗いながら、脳内で何通りものシミュレーションを繰り広げる。

本来なら開頭するべきだが、出血がひどい。だが経鼻術では限界がある。いまの状態で、脳の中で止まっている弾丸にたどり着くのは至難の業《わざ》だ。

（大丈夫、俺ならできる……）

一刻を争ういま、迷っている時間はない。

なんとしても死なせない。

それは医師としての使命というより、愛する者への願いにも似た想いだった。

『トオノセンセイ、お願い、イスハーク叔父様を助けて！』

術衣に着替える前に立ち寄った病室で、サラーヤが泣きながら縋りついてきたのが忘れられない。兄であるナーセルはすでに留学先に戻っており、たったひとりでさぞかし心細いことだろう。遠い異国の地で知らせを受けたナーセルの心痛もいかばかりか。

ナーセルに王位を継承させることが、イスハークの悲願だ。その想いを無にしたくない。

「っと」

手が滑り、ブラシが床に転がった。

仕方がない。清潔を保つため、手洗いに使うブラシは使い捨てだ。手はメスを握るまで、どこにも触れさせないことがルールになっている。

新しいブラシを取るが、なぜかまた落としてしまった。そこでようやく、物がろくに持てないほど手が震えているのに気づかされる。拳を握ったり開いたりしてみたが、震えは一向に収まらない。

「……ックソ！」

なにが大丈夫、だ。

手だけではない。足もガクガクして膝が笑っている。〇・一ミリのミスも許されない手術を前に、全身が震えて目までが霞《かす》む。

大脳辺縁系は感情を司《つかさど》り、視床下部は性欲や食欲、体温調節などを司る。少しでも傷をつければ、たとえ命が助かっても人格が崩壊してしまう。

――覚醒したとき、もう自分の愛したイスハークはいなくなっているかも知れない。

もう二度と、自分に笑いかけてくれないかもしれない。

それが怖くて仕方がないのだ。

（失うのか、俺は……っ）

しっとりと柔らかい唇も、滑らかな肌も、角度によって色を変えるステンドグラスのような瞳も、なべて愛しく思わない場所はない。

愛していると告げれば、頬を染めて応えてくれた。

適当に当て字した漢字の日本名をとても喜んで、日本語をもっと教えて欲しいと頼んできた。

民の幸せを願い、臣下の前では毅然《きぜん》とした王でありながら、けれどふたりきりになると表情が甘く解けてキスをねだる。

だれよりも愛情深く、終《しま》いには後宮に閉じ込めるほど、己を愛してくれた人。

「しっかりしろ、俺……！」

バチッと音を立てて両頬を叩く。

すべてはこの手にかかっている——鷹臣は両手を見つめ、震える息を何度も吐く。

こうなって初めて、自分の傲《おご》りというものに気づかされる。

世界中の患者に必要とされているなんて、とんだ思い上がりだ。未来をメス一本で切り拓いてきたと豪語しながら、目の前で愛する男を失うかも知れない現実を前に、手が震えてメスさえ握れない。

（……俺は、なんて無力なんだ……）

恥も外聞も捨て、このまま逃げ出してしまいたい衝動を必死に堪える。

手術室では患者とスタッフが鷹臣をいまかいまかと待ち構えている。ここで逃げるわけにはいかない。

　鷹臣は顔を上げ、踵を返した。

「すまない、三分で戻る」

　驚く看護師を置いて更衣室に戻り、ロッカーを開ける。

　脱ぎ捨てた服のポケットを探ると、そこには砂漠の薔薇が入っていた。

　小さな塊をまるでお守りのように握り締め、額に押し当てる。

　神はいなくても、信じるものならある。自分を自分たらしめる絶対的支柱だ。

　目蓋を閉じれば、この薔薇をもらったときのことが昨日のことのように思い出された。

（思い出せ……俺はなんのためにメスを握る……）

　初めて顔を合わせた日のこと、想いを通わせた日のこと。アブドルラハマーンの目を盗んで逢瀬《おうせ》を重ねたこと。

　自分にとって本当に大事なものはなにか。イスハークと過ごした黄金の日々を、積み上げてきたたくさんの思い出を、忘れさせはしない。

　——死の淵《ふち》から彼を連れ戻し、あの笑顔を取り戻す。

　そしてもう一度、愛していると彼に告げるために、メスを執《と》る。

「Ｄｒ．トオノ！」

　手洗いをすませ、手術室に戻った鷹臣を待っていたのは、信頼するスタッフたちの真剣な眼差しだった。

「すまない、待たせた」

自分が信じているように、みなも自分を信じてくれている。

記憶がなくなってもいい、後遺症が残ってもいい、ただ生かして欲しい——過去にもそう言って縋りついてくる患者の家族をたくさん見てきた。

たとえ延命しかできなくとも、有効性《ベネフィット》が認められるなら手術をする。それが自分のポリシーでもあったけれど、心ではつらい時間が長引くことを疑問に思うこともあった。

けれど、一概《いちがい》にそうではないのだ。愛する人が生きているという事実だけで救われることもある。いまの、自分のように。

「麻酔ＯＫです」

モニターの傍に立ったターヒルが、器具を差し出した。

完璧な人間はいない。完全も絶対も医療には存在しない。ただ最善があるのみだ。

ブレのない手で受け取り、スタッフたちを見回す。

「さあ、始めよう」

心停止を告げる無情な電子音が響き渡る。

「ドクター！　心停止《アレスト》です！」

「わかってる！」

心臓マッサージを施す鷹臣の額から汗が滴り落ちる。

だが、アラームは鳴り止まなかった。

モニターは、心マで無理矢理動かされている心臓の脈拍を虚しく映し出すだけだ。

やがてバイタルの波形がすべてフラットになり、心拍数がゼロになる。

「――!!」

目の前が真っ暗になり、叫んで飛び起きる。

全身に汗をかいていた。

「っ……夢……」

そうだ。ここは王立病院の当直室だ。何時間にも及ぶ手術を終え、ここにたどり着くなり、倒れるように眠りに落ちたことまでは覚えている。

イスハークの容態はどうなっているだろう。

アリはなにか喋ったのだろうか。

灯りをつけて時計を見る。もう真夜中を過ぎていた。そろそろイスハークが麻酔から醒めてもいいころだ。

鷹臣は急ぎシャワーを浴び、髪も乾かさないまま当直室を飛び出した。白衣のボタンを留めながら走って病棟へと向かう。

ガラス張りの集中治療室の中と外には、専属の医療スタッフや王室警備の者たちが、二十四時間態勢で付き添っている。イスハークはまだ目を醒ましていないようだ。

「お疲れ」

警備の者に身分証を提示し、消毒をすませて部屋に入る。点滴を取り替えていた看護師が、ひどく驚いた顔で振り返った。

「Dr．トオノ!?」

「患者の容態は？」

「そ、それが……」

術後の容態がなかなか落ち着かず、ターヒルがつい先程まで付き添っていたらしい。交代したいまもわざわざ同じフロアのナースステーションで仮眠を取っているという。

麻酔が切れても目を醒まさないことに、一抹《いちまつ》の不安を覚えた。

「代わるよ」

枕元の丸椅子を引き寄せると、付き添っていた看護師が制止した。

「いいえ！　あんな長い手術のあとで、まだお疲れも充分取れていないはずです。顔色もひどいですし、せめて朝までお休みください」

「俺が傍にいたいんだ」

イスハークが目醒める瞬間に立ち会いたい。ひとりにしておきたくない。傍にいたい。

「ドクター……」

鷹臣の思いつめた様子に、看護師はなにかを感じ取ったらしい。「なにかあればナースコールを」と念を押して出ていった。

ビニールカーテンの内側で、そっと呼びかける。

「イスハーク……」

酸素マスクを填めたイスハークの顔はむくみ、ドレーンがつけられたままの頭部は白い包帯で覆われている。

「イスハーク、俺です。鷹臣です。わかりますか」

返事はない。それでも、生きて、呼吸してくれているだけでよかった。

目を醒ましたとき、はたして鷹臣を認識できるだろうか。積み上げてきた絆と愛を思い出せるだろうか。その瞬間を兢々《きょうきょう》と待ちながら、鷹臣はイスハークの手をそっと握った。

「目を醒ますまで、傍にいます。だから、そろそろ起きてくれませんか、イスハーク」

少しでも刺激になるように、耳許で何度も名を呼びかける。

それから丸一日、鷹臣はつききりで看護した。

だがイスハークは一向に目を醒ます気配がない。

麻酔の影響ではなく、昏睡《こんすい》状態に陥《おちい》っているのだと診断せざるを得なかった。受傷時に大量出血したせいか、あるいは脳の損傷によるものか。

（……少なくとも、手術には耐えられたんだ……）

もはや信じるしかない。

鷹臣はベッドサイドから離れず、サラーヤのことや、日本の温泉のこと、砂漠の薔薇のことなどを囁くような声で話し続けた。交代で様子を見に来た看護師も、鷹臣の様子に、込み上げるものがあったらしい。涙を堪えるようにマスクの上から口許を押さえ、席を外す者がほとんどだった。

感染を防ぐため、容態が落ち着くまでは面会謝絶となっている。いつ危篤《きとく》状態になるかもわからない現状では、サラーヤと同じフロアに病室を移すこともできそうにない。自身も未だ治療中の身でありながら、ガラス越しに会いに来るサラーヤの姿は切なかった。

「イスハーク、頼むから目を開けてくれ。あなたより大事な存在なんていないんだ。戻ってきてくれ……！」

――目を醒ましてくれさえしたら、もうなにも望まない。

イスハークが昏睡状態のまま、三日目の日が暮れようとしていた。

白昼堂々、それも空港での犯行だったため、国王暗殺未遂のニュースはあっという間に国中に知れ渡った。

公式行事はすべて取りやめとなり、国中のモスクで祈りを捧げる声が響いているらしい。

みな、王を慕っているのだ。

だが祈りも虚しく、イスハークの脈は徐々に弱まってきていた。

幸い、術後に新しい脳出血はなく、内臓もかろうじて正常値を保っている。

「Ｄｒ．トオノ、少しは休まないと身体を壊します」

「わかっています」

「私が交代しますから、仮眠だけでもとってきてください」

ターヒルが、強く勧めるのも無理はなかった。

イスハークの傍にい続ける鷹臣の消耗は傍目《はため》にも激しい。食事は院内の食堂で掻き込み、入浴と排泄以外は片時も傍を離れず、ほぼ不眠不休の状態でいるからだ。

そんな鷹臣の許へアブドルラハマーンがやってきたのは夜も更けたころだった。

「Dr．トオノ、少し話したいことがある」

ずっとイスハークの傍についていたかったが、政府の重鎮《じゅうちん》から召し出されたとあれば応じないわけにはいかない。

国王が倒れたいま、行政や祭事の代行を務めるのは宰相であるアブドルラハマーンだ。

ハリーファ家の血筋に連なる王族は高齢化が進んでおり、一時的にでも国王の職務を代行できる人間など多くはいない。

手短にすませると言いつつも、日夜、仕事に追われるアブドルラハマーンの顔色は冴えなかった。

「実は、謀反人《むほんにん》が、犯行動機を自白したのです」

病院の特別応接室で向かい合うなり、アブドルラハマーンが苦虫を噛み潰したような顔で切り出した。

「アリが？　それで、なにがわかったんですか」

直前までアリが部屋付きの世話係を務めていたということで、鷹臣も形ばかりの事情聴取を受けている。そのときに、捕らえられたアリは投獄され、自害しないよう厳重に監視されていると聞いたが、それ以上のことは知らされていなかった。

「結論から言えば、国王暗殺はやはり保守派の企みだったということです」

「最初から、そのつもりで宮殿に上がったということですか？」

「〝外国人医師の世話係〟という役目が内定した直後、アリの実父や長兄らが、保守派貴族の中でも中核を担う人物に唆《そそのか》されたようです」

女性の社会進出と教育、脱石油依存の国内改革に、経済交流促進のための環境整備や人材育成などを国の政策に掲げるイスハークは、石油の恩恵に浸り切って生きてきた保守派の人間にとって目の上のタンコブだった。

ナーセルは未だ成人しておらず、現国王陛下は独身で王位を継げる子供もいない。現国王が命を落とすようなことがあればこの国は崩壊する。

王の首をすげ替え、未成年のナーセルの後見人に収まるか、王族の遠い血縁から次の王を擁《よう》立《りつ》するか。いずれにしろ、次代の王は保守派の傀儡《かいらい》に仕立て上げられる。

アリは最初の実行犯となって国王を暗殺する役割を任されたのだ。

「アリは、鉄砲玉だったたってことか……」

「あなたの国の言葉で言えば、そうなります」

「それにしても、なぜ……アリはあなたの推薦を受けた、身元確かな貴族の子息だったはずでしょう」

鷹臣の知るアリは、朗《ほが》らかでよく気の利く、どこにでもいる少年だった。異国人の自分にこの国の常識や文化を最初に教え、甲斐甲斐しく面倒を見てくれたアリと、思想のためなら殺人さえ犯すという恐ろしい行為とが、結びつかない。

「間違いが起きないようにという配慮が裏目に出たのです。それに、貴族と言ってもピンキリです。彼の母親は第四夫人で自身も第十三子……いまになって思えば、どうにかして家長の役に立たなければ居場所がなかったのではないかと」

「——そんな……」

鷹臣はやるせなさに拳を震わせる。

まだ十代の少年が、家族に認められたいがために、親兄弟から言われるままに人を殺《あや》めようとしたのか。

「でも、それならチャンスはもっと前に、いくらでも……」

イスハークと鷹臣の関係は、当事者を除けばアリしか知らない。イスハークが鷹臣の部屋に忍んできたとき、あるいは鷹臣を後宮に幽閉していた時期に、王を手にかける機会はあったはずだ。それなのに、アリはアブドルラハマーンに告げ口することさえせず、黙って鷹臣に仕えていた。なにか、あの場面でなくてはならない理由でもあったのだろうか。

「できるだけ大勢の人の目に触れる場所で殺害することで、彼らなりに正義を主張するつもりだったのかも知れません。確信犯とはそういうものです」

「正しいと思ってるわけか、そんなむごいことが」

「それが我が国の――現実なのです」

過去に起きた王の暗殺を匂わせる一言が、部屋の空気を一段と重くする。

穏便に王位をナーセルに譲るため、自身の幸せは二の次にしてきたイスハーク。

国の改革に心を砕き、自国の古い体質を変えるために尽力していた。宗教問題に心を痛め、紛争をなくすことが願いだと言っていた。

だれよりも平和を愛する国王自身が、争いに巻き込まれ、命を落とすなどあってはならない。

気を取り直すように、鷹臣は話題を変えた。

「そういえば、ナーセル殿下はいつこちらに？」

妹の手術のときも、留学先から一時帰国するほど、身内思いの王子だ。叔父が暗殺されかかったと知れば、急いで戻ってくるのではないかと思っていたのだが。

「帰国をお止めしている。いまの状態では、身の安全の保障ができない」

すべてが明らかになり、保守派の黒幕が逮捕処刑されるまで、オズマーン王国の外にいるほうが安全だというのだ。

「ＨＲＨの称号は残酷だな」

王位を継ぐ者として、ときには冷酷にすらならねばならない。

理屈では理解できるが、十五歳の少年が背負う運命としては過酷すぎる。イスハークになにかあれば一生後悔しかねない。

「最初は即刻帰国すると言い張られたが、いま殿下になにかあっては陛下が悲しむと、説得したのです。最後は叔父上を頼むと、電話の向こうで泣いておられた……」

アブドルラハマーンが目頭を押さえたときだった。

「緊急です！　どうかお通しください！」

にわかに廊下が騒がしくなり、続いてけたたましいノックの音が響いた。返事をする前に、見覚えのある看護師がドアを開けて飛び込んでくる。

「Dr．トオノ！　大変です、陛下が！」

椅子を倒して立ち上がり、部屋を飛び出してイスハークの許に向かった。アブドルラハマーンがなにか叫びながら追ってきた気がするが、気にしてなどいられない。

「状態は⁉」

集中治療室に飛び込むと、中は蜂の巣をつついたような騒ぎになっていた。

イスハークのベッドを大勢の看護スタッフが取り囲み、ターヒルが馬乗りになって心臓マッサージをしている。

「心臓が止まりました……強心剤《ボスミン》を1単位、入れています。Dr．トオノが席を外されてから急に、心拍が乱れて……っ」

手を止めないまま、ターヒルが答える。

心臓が、心室細動という不整脈を起こしている状態だった。

四分以上、酸素が行かない状態が続くと脳は深刻なダメージを受ける。アンビューバックで酸素を送られてはいるものの、心肺蘇生できなければ望みはない。

顔色を失い、力なく揺れているイスハークに、あの悪夢が重なった。

「っ……除細動！　早く！」

鷹臣の指示にすぐ看護スタッフが反応し、機器が運ばれてきた。

汗を滴らせているターヒルと交代し、全員をベッドから離れさせる。

「1、2、3」

通電ボタンを押した瞬間、ドンとイスハークの身体が跳ねた。

（戻ってくれ……!!）

みなが見守る中、モニターに再び波形が戻る。

その場にいた全員が歓声に近い安堵の声を上げた。

「……よかった……」

心拍と呼吸が戻ったのを見た瞬間、膝から崩れ落ちそうになった。

今度ばかりは電気ショックで蘇生できたが、次はどうなるかわからない。また心臓が止まれば、最悪の場合、脳死に至る可能性もある。背中にはじっとりと冷や汗が滲んでいた。

（おそらく、次は……）

医師としての第六感がそう告げていた。

昏睡が続けば心肺機能が弱ってくる。次に心停止が起こっても、イスハークの身体に再び心臓を動かすだけのエネルギーはおそらく残ってはいまい。

「……運がよかったですね……」

呟くターヒルも、見ると手が震えていた。これが心静止か無脈性電気活動《PEA》だったらと考えるとゾッとする。寝不足の頭で、咄嗟の判断ができたのも奇跡としか言いようがない。

「……少し、寝てきます」

鷹臣は医局に戻ると、崩れるようにソファに横になった。


手術から、五日が過ぎた。

あれからイスハークの容態は一進一退を繰り返し、いまは小康状態を保っている。

このまま昏睡から目醒めなければ、一生、植物状態という可能性もないわけではない。

今夜が峠と思われる夜、鷹臣は特別仮泊室のベッドに、灯りをつけないまま座っていた。病院に泊まり込んでいる鷹臣に、少しでも休める環境を、とターヒルが気をきかせてくれたのだ。

鷹臣の膝にはいま、イスハークから下賜《かし》された護身用の半月刀《ハンジャル》がある。『婚約』の贈り物として贈られた品の中で、唯一、手元に残したものだ。意図を知って面食らった夜のこと、初めての口接けがどれほど甘かったか、次々と思い出が浮かんでは消える。

いっそ後宮に閉じ込められたときに、あのまま傍にいる道を選んでいれば、イスハークは撃たれることもなかったのではないだろうか？

（……俺のせいだ）

鷹臣を見送るために空港まで行かなければ、銃で狙われる隙もできなかった。鷹臣を見つめるあまり、周囲への注意が散漫になることもなかった。自分自身が、王を殺《あや》める好機を作らせてしまった原因なのではないか。

自責の念に駆られながら、半月刀《ハンジャル》をシャツの中にしまう。純金製の鞘《さや》や柄に宝石を鏤めたそれはずっしりと重く、苦い後悔とともに胸にのしかかってくる。

――イスハークが息を引き取ったら、その場で自分もあとを追おう。

医師としてこの国に呼ばれながら、たったひとりの愛する人を救えないのなら。こんな自分は生きていても仕方がない。

鷹臣はふらりと立ち上がり、部屋を出た。条件反射のように足は自然とイスハークの許へと向かう。

夜の王立病院は静まり返り、鼠《ねずみ》一匹通さないほどの警備態勢が敷かれている。集中治療室のある階でエレベーターを降りると、同じく疲れた顔のアブドルラハマーンと出くわした。

「ひっ」

アブドルラハマーンが驚いた声を上げて飛び退く。

「……どうしたんです？」

「ゆ、幽霊かと」

アブドルラハマーンは照れ隠しのように咳払いし、眉を顰めた。

「私も相当だが、あなたのほうが病人みたいだ。目の下のクマがひどすぎる。私が言うのも変だが、寝てるんですか」

「寝てはいますよ……でも神経が昂って、すぐに目が醒めるんです。早く陛下のところへ行かないと」

「お待ちなさい」

軽くやり過ごして病室に向かおうとしたときだった。肩を摑まれ、無理矢理向き合わされる。

「懐になにを入れているのです？」

「っ」

不自然な膨らみを指摘され、咄嗟に振り払う。その拍子に、懐に忍ばせていた半月刀がするっと抜け落ちた。重たい金属音とともに、リノリウムの床に転がる。衝撃で鞘が抜け、剝《む》き身の白い刃が、廊下の常夜灯に反射した。

「これは……っ貴様、なんのつもりだ！」

目にした瞬間、アブドルラハマーンの顔色が変わる。

血相を変えて問いつめる声にナースセンターから看護師たちが駆けつけてきた。足許に転がる半月刀を見て悲鳴が上がる。

「陛下になにをするつもりだった！　言え！」

「他意はない。陛下に害を為す気はない」

「嘘をつくな！」

シャツの襟を摑まれ、壁に押しつけられる。

だが、鷹臣はされるがままになっていた。

「この機に乗じて王を殺める気だったのだろう。おまえも刺客の一味だったのではないのか」

「違う」

「では、なんだというのだ！」

あの短剣は自分に使うつもりだった。医師としてイスハークを救えなければ、ここにいる価値さえない。だが、罪ありきで逆上している相手に、そう言ったところで信じてもらえるはずはなかった。

「何事ですか！」

警報が鳴り響く中、警備の者たちが駆けつけてくる。ただならぬ様子に怯む彼らに、アブドルラハマーンは声を張って命令した。

「陛下を害そうとした罪人である！　この者を捕らえよ！」


――なぜ、自分は、こんなところにいるのだろう。

鷹臣は、ゆっくりと身体を起こした。

地下にある石造りの牢獄の床は冷たく、光が入らないために、空気は重く湿気っている。

理由もろくに聞かれないまま逮捕され、ここに連れてこられてから半日が過ぎようとしていた。身動きするたびに、手錠や足枷の鎖が擦れ合って重たい金属音を響かせる。

（……まるで、奴隷《どれい》だな……）

頑丈な鉄格子《てつごうし》が填められたその牢屋は、およそ二畳ほどの空間に、剥き出しの便器とボロ布のような毛布があるだけの薄汚れた空間だった。

他に収監されている人間はいないらしく、ときどき見回りに来る看守以外に人の気配は感じられない。ときどき、鼠が走り回る音や鳴き声が微かに聞こえるのみだ。

（後宮の次は、牢獄に囚われの身か）

乾いた笑い声が薄闇に吸い込まれていく。だがそれもすぐ肋《あばら》に走った鋭い痛みに息を詰めた。

「つっ……」

呼吸するたびに、鞭《むち》打たれた背中の傷が痛む。

鷹臣にかけられた容疑は、保守派との結託と、イスハークに対する殺人未遂だった。

黒幕を吐かせようと拷問に近い尋問を受けたが、そんなもの、はなから知るよしもなく、答えようもない鷹臣を、アブドルラハマーンは容赦なく鞭打たせた。自分では見えないが、背中の皮膚は無残《むざん》に破れ、着ていた白シャツは血が滲んでいることだろう。

だが、そんなことよりも気がかりなのはイスハークの容態だった。昏睡に至ってから、今日で六日目になろうとしている。

（！）

重たい鉄製のドアが開く音がして、人の話し声が聞こえた。やがてランプの光と、ふたりぶんの足音が近づいてくる。ひとりは看守、そしてもうひとりは——。

「よぅ、アブドルラハマーン」

「……しぶとい男だ」

苦々しく吐き捨てる。

たしかに、あの極限状態で拷問を受け、さらに空腹と傷の痛みが重なれば、正気を保つことさえ困難に違いない。

牢の前に立ち、アブドルラハマーンが鉄の格子越しに鷹臣を睥睨《へいげい》する。

「いい加減、王の暗殺を依頼した人間の名を吐いたらどうだ」

「何度も言うが、そんな事実はない。言えと言われても知らない事実は話せない」

「嘘つきめ。神はすべてをご存知だ」

「だったら早くこれを解いて、陛下の許へ行かせてくれ」

痛みを堪えて壁に凭れ、手錠の填まった手を持ち上げてみせる。

「そのような、容疑者の戯《ざ》れ言《ごと》を聞き入れるばかがどこにいる」

鷹臣は力を奮《ふる》い起こし、立ち上がった。足を引きずりながら、鎖が許すところまでアブドルラハマーンに近づく。

看守が銃を手に前に出ようとしたが、アブドルラハマーンは右手を上げて下がらせた。

「陛下の血液の数値を確認したい。心肺機能と腎機能が気になる……肺炎でも起こしたら」

「罪人のおまえがせずとも、他の者が滞りなくやっている。容疑を晴らさずして、そのような勝手が許されると思っているのか」

「許す許さないの問題じゃない。イスハークには俺が必要なんだ」

鉄格子越しに睨み合う。

なにを思ったか、アブドルラハマーンが不意に牢に近づき、声を低めた。

「どうしてそこまでして王の傍に行きたがる？」

「あの方が俺にとって、かけがえのない存在だからだ」

「──……」

瞳の奥に揺れる炎の意味を確かめるように、アブドルラハマーンは瞬きすらしない。さらに声を低め、言葉を選ぶように、ゆっくりと口を開く。

「まさかとは思っていたが……貴様が陛下の寝所に入り浸っていたという噂は本当なのか」

「…………」

鷹臣は答えなかった。

アリという〝目撃者〟もいる中、嘘で言い逃れられるとは思えない。しらばくれてもバレるのは時間の問題だ。ただ、イスハークに累《るい》が及ぶのだけは避けたかった。

だがその沈黙に、アブドルラハマーンはかえって疑惑を深めたようだった。薄暗い灯りの下でもわかるほど青ざめ、声に凄味をきかせる。

「貴様が持ち込んだ半月刀──束の部分に、ハリーファ家の紋章が入っていた。あれをどこで手に入れた？」

鷹臣は奥歯をきりりと噛み締める。

この際、自分はどうなっても構わない。だが、オズマーン王国で同性愛は処罰の対象とされているはずだ。本当のことを言えば、イスハークも罪に問われる。

堅物のアブドルラハマーンのこと、聞かなかったことにして穏便にすませる、などという融通はおそらく利かないだろう。

「アリを尋問した際、陛下が貴様に婚姻の贈り物を届けたなどと戯れ言を言っていた……そのような世迷《よま》い言、頭のおかしい犯罪者の妄言だと相手にしなかったが。しかし、宮殿で貴様の姿を見かけなくなっていた数日間、陛下が後宮に入り浸っているという噂があったのも事実。もしや、後宮に囲われていた愛人というのは」

「囲っていたんじゃない」

アブドルラハマーンの言葉を遮り、鷹臣は顔を上げた。

「俺が王の身体を所望したんだ」

「なんだと……！」

アブドルラハマーンの顔が怒りで紅潮する。

アリが法廷に引き出され、あらいざらい証言されてからでは遅い。鷹臣は挑発的な態度でアブドルラハマーンを欺《あざむ》いた。

「聞こえなかったか。瀕死《ひんし》の王女の命を救うのと引き替えに、国王の身体を所望したと言ったんだ。陛下は王女助けたさに、その身を投げ出した。王女の手術が成功した暁《あかつき》には、褒美として半月刀などの財宝を賜《たまわ》っただけではなく、夜ごと後宮に」

「それ以上言うな！　汚らわしい！」

アブドルラハマーンの顔色は赤を通り越して青ざめ、身体は瘧《おこり》のようにブルブルと震えていた。

イスハークには守るべき者たちがいる。遂げなければならない使命もある。この恋が露見《ろけん》したそのときには、イスハークの身に罪科が及ばぬよう、命に代えても守ると決めていた。

「……っ、銃を貸せ！」

激昂《げっこう》したアブドルラハマーンが看守から銃を奪い取る。

銃口を向けられ、鷹臣は身構えた。

「嫌疑のみで俺を撃てば、国際問題になるぞ」

「陛下のお優しさにつけ込んで、純真無垢《じゅんしんむく》な王の玉体を穢《けが》したけだものめ。神への冒瀆《ぼうとく》にも等しいことを、よくも……っ」

アブドルラハマーンは引き金に指をかけ、血の気を失った唇を震わせる。

「冒瀆？」

「我が国の国教では同性間の汚らわしい行為を禁じている！　禁を犯した者は処刑だ。おまえのような異教徒を陛下に近づけたのが間違いだった……！」

「ならば、その罪で俺を裁くか？」

国際法の原則として、外国人である鷹臣は、この国の法では裁けない。

よしんばそれを度外視したとしても、同性愛の罪で鷹臣を処刑すれば、その相手であるイスハークも同罪で裁かれることになる。

さすがのアブドルラハマーンも、そのような事態は望んでいないだろう。それこそ保守派の思う壺《つぼ》、国が崩壊する事態となりかねない。

「こざかしい奴め……本来ならば、極刑に値するものを」

アブドルラハマーンは歯嚙みしながら銃を下ろした。だが、義侠心《ぎきょうしん》からくる怒りは、到底、収まらなかったようだ。

「代わりに、王に対する殺人未遂罪で罰を与えよう」

「なんだと？　本気で言ってるのか」

「おまえが罪の元凶なのだ。罪には罰が、罪人には相応の処罰が必要だ。命の代わりに、陛下の玉体に触れたその手を切り落とす」

「ならば裁判を要求する」

「いいだろう。看守、この者を牢から引きずり出せ」

鷹臣の抗議を無視し、アブドルラハマーンは看守に冷ややかに命令した。

「いいか、ここで聞いたことは他言無用だ。もし外部に漏らせばどうなるか、わかっているな」

言い捨てるが早いか、足音も荒く牢を出ていく。

青ざめた看守がガチャガチャと鉄の扉の鍵を開ける音を聞きながら、鷹臣は床に崩れるように座り込んだ。ぶり返す痛みと息苦しさで視界が霞む。

(相変わらず頭が固いな……バカドルラハマーンめ)

心の中でぼやいても始まらない。こうなることも覚悟の上で、王と禁断の恋に落ちた。それが罪だというのなら受け入れるしかない。

「本当に……命懸けの恋になったな……」

扉が開き、看守が近づいてくる。

鷹臣は嘆息し、手錠をかけられたままの手で、乱れた髪を掻き上げた。


オズマーン王国の法廷において、裁定を行うのは裁判官である。

だが、最終的に判決をくだせるのは国王ただひとりだ。ただし、王がその職務を全《まっと》うできないとき、あるいは権限を委譲《いじょう》されている場合において、その役目は国のナンバー2とされる宰相に移管される。

アブドルラハマーンははじめから、その特例を利用するつもりだったらしい。

いわゆる公開処刑と呼ばれる形式で、傍聴席には物見高い王侯貴族から民の代表者まで多くの人が集まっている。王女を救った英雄が、今度はとんでもない容疑で裁かれようとしているのだから、何事かと民衆の興味をそそるのも無理はない。

(まるでショーだな)

コロッセオのような円形の法廷はまるで舞台のようで、すべてが結論ありきの茶番劇だ。

罪人として引っ立てられてきた鷹臣は、日本のように弁護人をつけられることもなく、一言も発言を赦《ゆる》されないまま、ただ座らされていた。

「——本来ならば極刑ではあるが、被告は王女の命を救った。暗殺を企てる前には陛下の弾丸摘出手術を成功させている。よって特別に罪を軽減し、その右手を切り落とすこととする」

アラビア語で主文が読み上げられ、やがて処刑人が呼ばれた。この法的裁定に対し、異議を唱えられるのはオズマーンの君主のみだ。

ギロチン台に送られる気分で処刑台に跪き、鷹臣は天を仰ぐ。

（麻酔なしか……きついな）

けれど、これでイスハークを守れるのなら安いものだ。

イスハークの手術の前はあんなにも緊張で手が震えたというのに、いまは不思議なほど落ち着いていた。

いくら周囲に持ち上げられようとも、自分で自分の手を『神の手』などと驕《おご》ったことは一度もない。ただ、祈りにも似たひたむきさだけでメスを執ってきた。その手と引き替えにしてでも守りたいものが守れるのなら。

「処刑人、前へ」

数人がかりで身体を押さえつけられ、紐で縛られた右腕を台に乗せる。まるで、安っぽいヤクザ映画のワンシーンのようだった。傍らには申し訳程度の止血帯が用意されていたが、失血死しない保障はない。

「異教徒の手を切り落とせ」

処刑人が剣を振りかざした。

(――これまでか)

鷹臣は観念して目を閉じる。

そのときだった。

「おやめなさい!」

凛《りん》とした声が響き、処刑人の動きが止まる。

思わず目蓋を開けた鷹臣は、刑場の出入り口を振り仰いで目を瞠った。鷹臣だけではない。その場にいた全員が瞠目《どうもく》し、まるで時間が止まったように固まっている。

ややあって、アブドルラハマーンが信じられないという顔で声を震わせた。

「陛下! ……!? お目醒めでいらっしゃったのですか!?」

「先程、意識が戻られたのです」

イスハークを脇から支えながらターヒルが答える。

従者の腕に寄りかかりながらも、イスハークは自分の足でしっかりと立っていた。

「それより、これはなんの騒ぎです?」

「この者は、陛下の意識が戻らない間に保守派と結託し、ハリーファ家から盗んだ半月刀で陛下を暗殺しようと企んだのです。その罪は裁かれねばなりません」

「おかしなことを。私から鷹臣に、護身用にと贈った半月刀でしょう。鷹臣はサラーヤと私の

命の恩人。せっかく助けた私の命を奪ってなんの利得があるというのです？　彼を貶《おとし》めることはすなわち、私を侮辱《ぶじょく》する行為です。それとわかっての所行ですか」

「い、いえ、しかし、この異教徒の男は……へ、陛下の玉体を……汚……と、とにかく、本来なら極刑に処するべき人間です」

先程までの威勢はどこへやら、アブドルラハマーンはしどろもどろに口籠もる。

「鷹臣と私は婚姻の約束をしました。私たちは愛し合っているのです」

「イスハーク！」

すべてが無に帰す発言を遮るべく、鷹臣は慌てて声を張った。

せっかくアブドルラハマーンの前でひと芝居を打ったというのに台無しだ。関係が公になれば、神の教えに背いたとしてイスハークまで断罪されてしまう。

「おい、信じるなよアブドルラハマーン、陛下は術後で精神が混乱しておられるだけだ。陛下を勝手に好きになった俺が欲望のままに陵辱《りょうじょく》しただけだ！」

「鷹臣、そんなことはありません。互いに同罪と言ったではありませんか」

「聞くな！　いや、聞いてるのかアブドルラハマーン！」

だが、いくら声を上げようとも、アブドルラハマーンはおろか、場内のだれひとりとして聞いてはいない。

「どういうことだ」

「宰相殿から聞いていた話と違うではないか」

王直々《じきじき》の宣言にざわつく中、アブドルラハマーンだけは蒼白《そうはく》の顔で立ち尽くしている。

「なん……なんと……陛下は、王女を救うために、御身《おんみ》を差し出したのではないのか……」

イスハーク守るためについた嘘をすべて信じていたわけではないだろう。だがまさか、イスハークが同性、それも異教徒の鷹臣を、本気で愛していたなどとは思ってもみなかったに違いない。形相《ぎょうそう》は憤怒《ふんぬ》を通り越して青ざめ、いまにも卒倒しそうだ。

よろめく足取りで、イスハークに歩み寄る。

「陛下……陛下、どうぞ訂正してください。いまならまだ間に合います」

「いいえ、事実です。神に誓って」

「どうか正直に、あの異教徒の男に誑かされたのだとおっしゃってください」

「そのような嘘はつけません。引き留めるために、一度は後宮に閉じ込めたほど、鷹臣を愛しています」

穏やかで愛に満ちたその言葉に、鷹臣は胸が熱くなるのを感じる。

守るべきこの国と兄の遺児たちを抱えながらも、恋人を犠牲にして自分だけ助かることをよしとしない。守るべきは守り、筋は通す――イスハークは、そういう男だ。

アブドルラハマーンは気の毒なほど青ざめ、唇を震わせていたが、気丈に顔を上げた。哀願と非難の入り交じった口調で問いかける。

「ならば陛下、これは由々《ゆゆ》しき事態です。国教の教義において、同性愛は重罪。国王とて免責特権の対象にはなりません。残された王子や王女は悲しまれるでしょう。それでもお気持ちを貫かれますか。国家の体面を汚した罪で、王位を剝奪されてもいいとおっしゃるのですか……っ」

「口を慎みなさい、アブドルラハマーン！」

アブドルラハマーンが鞭打たれたように身体を震わせ、口を噤んだ。

力強い叱責は、つい先程まで昏睡状態だった人間とは思えない。痛々しい包帯姿であるにも拘らず、イスハークは凜として美しかった。

「アブドルラハマーン、そしてみなもよく聞きなさい。私は、我らが神の息子である父と、クリスチャンである母の間に生まれ、この砂漠に育ちました。父王が名付けた私の名《イスハーク》の意味を、込められた願いを、どうか汲《く》んで欲しいのです」

（――名前の意味？）

黙って聞いていた鷹臣は、あっと息を呑んだ。

旧約聖書において、妻サラと夫アブラハムとの間に生まれた息子の名が『イサク』――『笑み』の意を持つ『イサク』の名をオズマーン読みすると『イスハーク』になる。

「し……しかし我が国の国教では」

「教典のどこにそのようなことが書かれているというのです？　裁判長、該当条項があるなら読み上げなさい。『繁栄と知識の木』第三章の終わり四行」

白髭の裁判長が、丸い老眼鏡をずらしながら分厚い教典を急ぎ捲った。咳払いし、章の一節を読み上げ始める。

「……神は繁栄とすべての愛を祝福する。ただし同性同士で不道徳な行為を行なった場合、双方を罰することとする。刑罰は当人の死刑、その親族は国外追放を上限とする……」

「お聞きになりましたか」とイスハークが聴衆を見回した。

「誤解釈している者も多いですが、我が国の国教は同性愛そのものを禁じているわけではありません。神の教理は数多あれども根源はみな同じ……教典においても、我らの神は愛を祝福し、人間を愛することすべてを肯定しています。私は、鷹臣との関係を不道徳とは思いません。私たちは愛し合っている。なんら恥じることはしていません」

そう言い切った瞬間、観衆がざわついた。裁判長の読み上げで初めてその事実に気づいた者も多いのだろう。糾弾《きゅうだん》していた者たちはみな一変して戸惑った反応だ。

（〝同性同士での不道徳〟な行為に限定か……なるほど……）

あっけに取られて聞き入っていた鷹臣は、思わず手を打ちそうになる。

極端なことを言えば、ハッテン場の乱交は摘発《てきはつ》されるが、同性の恋人とのセックスは罪にはならない、ということだ。

誤った法の解釈が広まることは珍しいことではない。オズマーン王国において、同性愛は罪――鷹臣が信じ込んでいたその情報も、元はコーディネーターからの伝聞であり、正しい知識があったわけではなかった。

愛があれば許される――言葉にしてしまえば陳腐だが、子孫繁栄には繋がらない同性との行為について、神の教えに矛盾を生じさせないための、それは救済措置だったのかもしれない。

「詭弁《きべん》です！　国王自らが国教の戒律をないがしろにしては示しがつきません」

流れを変えまいとアブドルラハマーンが声を張り上げた。なんとしてでも鷹臣を弾劾《だんがい》したいらしい。

「ないがしろにするつもりはありません。ただ、我が国の政教一致もはや時代に合っているとは言い難いのも事実です。習慣や宗教によって閉ざされてきたこの国を、もっと自由で開かれた社会にしていくために、このような根強い差別や人権を無視した行為をなくしていきたい。――まずは自らの身をもって、私は性的少数者の社会的な受容と解放をここに宣言します」

高らかな宣言に、法廷はシンと静まり返った。あのアブドルラハマーンさえ、あっけに取られたように立ち尽くしている。

言葉を失うアブドルラハマーンに、イスハークは歩み寄った。

「私はこれから、オズマーン王国のため、民のために、人権問題を解決し、開かれた社会を目指していきます。アブドルラハマーン、そしてみなも、どうか力を貸してください」

イスハークが深く頭を垂れる。その姿に、以前、この国に来たばかりの鷹臣に対して取った行動が重なる。

――ああ、そうだ。

たとえ相手が臣下だろうが、頭を下げることを厭《いと》わない。

だれにも恥じることのない自分であれば、なにをしようとも王の尊厳が失われることはない。

そのことを知っているからだ。

最初こそ、どよめきが沸き起こったものの、やがて共感した者たちがひとりふたりと床に平伏していった。その場にいた全員が王への忠誠を誓う中、最後に残されたアブドルラハマーンが、王の前に膝をつく。

「どうか、お顔をお上げくださいませ、陛下」

「わかってくれましたか」

「申し訳ございません。私めの勉強不足でございました。なんとお詫《わ》びすればいいか」

アブドルラハマーンは神妙にそう告げながら、イスハークの手を取った。

「私が罪を犯す前に止めていただいたことに感謝します。そしてどうか、お許しいただけるなら、今度こそ、陛下のお心に従えるよう、精進《しょうじん》いたします」

恭しく王の手を額に押し戴《いただ》く。

改めて忠誠を誓う宰相と、国の重鎮たち——その中にはおそらく保守派の貴族たちも混じっているに違いない。それでもいまは一様に頭を垂れ、王を讃《たた》えている。

「王国に栄あれ！」

「陛下に祝福を！」

どこからともなく沸き起こったコールは次第に大きくなり、波のように広がっていった。

イスハークは神々《こうごう》しいまでの微笑みを湛《たた》え、それに応える。

鷹臣は言葉もなく、王の姿を見上げていた。

【Ⅳ】


うすい布地が擦れる音と、あえかな吐息が王の寝所に響く。

「一時は、どうなることかと思いましたが……」

処刑の日から二日後、イスハークは退院した。心配していた後遺症もなく、頭に包帯こそ巻かれているものの、他に怪我らしい怪我はない。

寝台に横たわり、鷹臣は万感の想いを込めて腕の中の愛しい男を抱き締める。昏睡状態だったイスハークだけでなく、自身もつい二日前まで獄中にいたことを思うと、いまこうして抱き合っていられることが夢のようだ。

「鷹臣だけでなく、みなに心配をかけました」

「意識が戻らないあなたを、俺がどんな思いで見守っていたか」

目が合うたびに口接けながら、鷹臣は熱っぽく囁く。ことに記憶障害がなかったのは奇跡だった。本当ならもう鷹臣のことを覚えていなかったとしても不思議はない。

「幸せな、夢を見ていたのですよ」

「夢？」

イスハークが、夢見るような瞳で鷹臣を見上げる。

「鷹臣が、ずっと私の傍にいてくれる夢です。……だから、醒めたくなかった」

イスハークの名を呼びながら、ずっと手を握っていたことが、夢に影響したのかも知れない。

「現実より、夢の俺のほうが優しかった……？」

少しだけ拗《す》ねてみせると、イスハークはクスクスと笑いながら鷹臣の右手を取った。指先に、自らの指を絡ませながら微笑する。

「いいえ、醒めてよかった。いま私は幸福です。あのタイミングで意識が戻ったのも、きっと神の思《おぼ》し召しなのでしょう」

「陛下がくださった半月刀が護ってくれたのかも知れません」

絡むイスハークの指に力が籠もる。

「――もう、無闇に命を投げ出さないと誓ってください」

半月刀を病室に持ち込もうとした意図を、イスハークはとうに気づいていた。

「……すまなかった、イスハーク」

喜びも悲しみも命あってこそだと、熱い肌に触れながらいまは思う。

追いつめられていたとはいえ、あのときは本当にどうかしていた。イスハークを救えるのは自分だけだという思い上がりが、愚行に走らせたのかも知れない。

「イスハークが眠っている間、俺はずっと、自分の存在意味を考えていた気がする」

周囲から煽《おだ》てられても、自分では決して驕っているつもりはなかった。

けれど、知らず知らずの間に自身の技術や、先進医療の持つ万能感を過信していた部分があったのかも知れない。手術後も目醒めないイスハークに為す術もなく、ただひたすら祈って待つしかなかった。その無力感にうちひしがれ、半月刀に手が伸びたのだ。

「神の手なんて、そんなものは存在しない。俺は無力で、最後はあなたに救われた……」

イスハークが、鷹臣の手の甲に頬を擦り寄せる。

「その前に、鷹臣の手がサラーヤだけでなく、私の命を救ってくれたことは事実です。あなたのお陰で、だれも悲しまずにすみました。その奇跡の指先を、他にも必要としている人たちがいるのでしょう」

「イスハーク、どうしてもとあなたが望むなら俺は」

「いいえ。私なら大丈夫です」

イスハークは両手でそっと鷹臣の胸を押し、身体を離した。深い色の瞳が鷹臣を優しく見つめる。

「鷹臣はまだ、私が独り占めしていい人ではありません。待っている人がいるなら、そこへ行くべきです。神に誓って、私は大切な人の不在中も貞操を守ります」

気丈に言いつつも、イスハークの瞳がわずかに潤む。その濡れた目には深い情愛と覚悟があった。

「では、同じことを、俺も約束しよう」

イスハークの腰に腕を回し、まるで誓いのキスのように口接ける。

失いかけた命の重さも、残される側の想いも知った。その上でいまは互いの立場を尊重し、離れることを選ぶ。

つめた。


「明日の便で発ちます」

断腸《だんちょう》の思いで告げると、イスハークは穏やかに微笑んだ。

「今度は、見送りません」

いつか、互いを独占できる日が来ることを信じていても、オズマーンを取り巻く情勢を思えば不安は残る。網膜に焼きつけるがごとく、鷹臣はイスハークの彫りの深い顔立ちをじっと見つめた。

「……信じていますよ、愛しい人。私にはそれしかできない。王は不自由ですね。人は私が望めばなんだって手に入るなんて言いますが」

イスハークの唇から、長く震える吐息が零れる。その溜息を吸い取るように口接ける。

「出会ってから今日まで、本当にあっという間だった。年月なんてすぐ過ぎる。あなたが本当の意味で自由を手に入れたら、そのときは俺から求婚させてください」

イスハークは泣き笑いのように顔を歪めた。

「そうですね。ナーセルが成人し、譲位《じょうい》が滞りなくすんだら、真っ先にあなたに会いに行きます。そのときこそは、あなたを独り占めさせてください」

具体的にいつとは約束できない。早くて五年後、実際にはもっとかかるだろう。

それでも、互いを信じているから、待つことができる。

「それまでに、俺はもっとあなたにふさわしい男になりますよ。世界のどこにいても、あなたに居場所が伝わるくらいの、……イスハーク？」

イスハークが急に俯き、身体を押しつけてくる。

体側に熱いモノが当たり、鷹臣は動揺した。鷹臣の胸に顔を埋めるイスハークがくぐもった声で「こんなときにごめんなさい」と謝る。

「……やっぱり、したい、です」

今夜が最後だと思ったら、どうしても我慢できなくなったらしい。

恥ずかしげに打ち明けるその様に、危うく理性が飛びかけた。

だが退院したとはいえ、まだ本調子ではない。イスハークの身体に障るような行為をするのは、医師として憚《はばか》られた。

「イスハーク、今夜は一緒に眠るだけと」

「いいのです」

鷹臣は身体を離そうとしたが、イスハークは反対にしがみついてくる。

「ほら……鷹臣も、先程からずっと……」

イスハークが手を伸ばし、夜着の上から熱くなった鷹臣のモノをそっと握る。長く禁欲が続いたせいで息が詰まった。

「っ……当たり前でしょう、愛しいあなたと同じベッドにいるのに」

きまり悪げに目を逸らすと、イスハークがくすくす笑った。いつの間に覚えた手管《てくだ》か、鷹臣をその気にさせるのが随分うまい。

一緒のベッドで寝て欲しいと請われたときは、ただの添い寝だと自戒の上で床《とこ》に入った。だが、やはり抱き合ううちに欲が抑えられなくなってくる。

「最後までは、しませんよ。それは次に再会したときの楽しみとして取っておきます」

「では、今夜は寝ないで私を愛してください。あなたがいなくなっても忘れないように」

潤んだ目に滲む情欲の色を見てしまえば、もう止められない。

夜着を脱ぎ捨て、互いに全裸で抱き合う。たったそれだけで、おかしなくらい興奮していた。下腹部でぬるつく先走りの感触が、自分のものか相手のものか、もうわからない。

「忘れたくても、忘れられないような夜にしてあげます」

片方の手を握り合ったまま、イスハークのうすく色づいた肌に舌を這わせる。小さな乳首を唇で挟んで転がすと、イスハークは甘ったるい声を上げて身を震わせた。触れていないところなどないほどにキスを降らせ、鼓動と体温を愛おしむ。

愛撫の手が下腹部に及んだとき、イスハークが抗うように四肢をもがかせた。

「鷹臣、私も……」

忙しない呼吸を繰り返しながら懇願する。いわゆるシックスナインと呼ばれる体位を要求しているのだと気づき、鷹臣はふと思い出し笑いを浮かべた。

そういえば、後宮に閉じ込められたときも、王を悦ばせるための閨房術とやらで籠絡しようと頑張ってくれた。イスハークはいつも、鷹臣に対しては一直線でわかりやすい。

「嬉しいけど、無理しなくていいですよ」

「無理なんて……いつだって私は、鷹臣を気持ちよくしたいのに」

イスハークの身体に負担をかけないよう、横向きに身体を入れ換える。

灯りを落としてあるとはいえ、薄闇に慣れた目にはくっきりと欲望の印が見える。浴室やベッドで、もう何度も目にしてきたその部分が、いまはなぜかとても生々しい。重たげに斜め上を向いたイスハークのモノを軽く握ってやると、内腿が戦慄いた。

「っあ、……た、鷹臣、もっと、ゆっくり……っ」

軽く扱くだけで大量の先走りが溢れてくる。滑りを塗しつけるように幹から先端までを扱いてやると、イスハークも競うように鷹臣のモノを擦り上げてきた。

快感に翻弄されつつも、必死に鷹臣のモノを握る健気さがたまらない。

「ふ……っ」

息を乱しながら、鷹臣はイスハークのモノに顔を近づけた。若い欲望はきつく角度を保ち、手を離せば撥《は》ね上がりそうなほど漲っている。軽く性器を押し下げ、赤く濡れた先端をぱくりと口に含んだ瞬間、イスハークの身体がびくっと跳ねた。

「ああっ、やっ……待っ、ああ……っ」

口の中でまた一回り熱く腫《は》れ上がった性器を舐め回し、音を立ててしゃぶる。ともすれば引けそうになる腰を押さえつけ、根元を指で刺激しながら深く咥えた。

「あ、あ……っ」

耐えるのに必死なのだろう、鷹臣のペニスを握るイスハークの手に力が籠もる。その痛みさえ気持ちよくて、喉の奥がぐぅっと鳴った。今夜が最後と思えばこそ、余計に離したくなくなってしまう。

「ッ……して……イスハークも……」

鷹臣に促され、イスハークが下腹部に顔を伏せた。熱い口腔内に迎え入れられる。

「っん、っ……く」

――いまだけは、自分のものだ。

とろりと柔らかな粘膜に包まれる感触は、セックスとはまた違った征服感を鷹臣にもたらした。イスハークは狭い喉を精一杯開き、先走りを舐め取るようにねっとりと舌を絡めてくる。

「っは……」

ダイレクトに雄を刺激される快感に、思わず恍惚《こうこつ》の溜息が漏れた。同時に口の中のイスハークがひくひく震え、苦く青臭い液体が口の中にどっと溢れる。自分がそうであるように、イスハークもまた鷹臣のモノを口にしながら昂っているのだ。

(……気持ち、いい……)

互いが互いを気持ちよくすることに、いつしか夢中になっていた。

顔は見えないまでも、ときおりイスハークの気持ちよさそうな、鼻にかかった声が漏れ聞こえる。それがだんだんと逼迫《ひっぱく》した呼吸に変わっていくまでに、時間はかからなかった。

「っん、ぅ……っも……っ」

快感で腰が不規則に震え始め、イスハークの口淫がおろそかになってくる。とうとう口からずるりとペニスが吐き出され、悲鳴じみた声が上がった。

「っや、ぁ……もっ……っごめ、なさい……っ」

どくりと放たれた精を、鷹臣は躊躇いなく飲み込んだ。

イスハークの痴態も、味も、匂いも、すべてを五感に刻みつける。

「っ……っは……っ」

吐精の快感だけを与える交わりに、これほど深い満足感を得たのは初めてだった。えもいわれぬ悦楽に脳が痺れ、気づいたときには射精していた。

「んんっ……！」

下腹部に鈍痛を感じるほどの快感に、眉を寄せ、声を押し殺すので精一杯だ。我に返って身体を起こすと、イスハークの顔に白濁がたっぷりとかかってしまっていた。うすく色づいた頬や唇に、とろとろと白い液体が伝い落ちていく。

「すみません！　すぐに拭きます」

「……いいのです」

慌てて拭う物を探そうとした鷹臣を制止し、イスハークは親指で白濁をすくい取った。赤い舌でぺろりと舐め取る。あっけに取られる鷹臣の前で、イスハークは唇から滴る白濁までもまるで仔猫のように喉を鳴らして飲み込んだ。満足そうに、舌なめずりする。

「おいし……鷹臣の……」

ぽぅっと色づいた頬と、蕩けた表情が薄明かりに浮かび上がる。これほどまでに淫靡で美しい微笑を、過去にも見たことがない。

だが、その目尻から透明な雫が伝うのを、鷹臣は見逃さなかった。

「イスハーク……！」

胸を喘がせる華奢な身体を掻き抱き、涙の滲む目尻に唇を押し当てる。

千夜をともに過ごすよりも、濃厚に愛し合ったこの一夜を、きっと忘れないだろう。

イスハークもまた、きつく背中に腕を回してくる。

「——待っていますよ、愛しい人」

〝いつか〟そのときが来るまで……。

【Ｖ】

チチチチと枝先で小鳥が鳴き交わしている。

春は五月、鷹臣が東京郊外に居《きょ》を構えてはや二年が過ぎようとしていた。

「やっと、綺麗に咲いたな……」

土まみれの軍手を脱ぎながら、鷹臣は腰を伸ばした。

五月晴《さつきば》れの休日、庭には色とりどりの薔薇が咲き乱れる。中でも一際、目を引くのが赤と白の絞り模様の八重咲き薔薇だ。パラソル型の支柱に絡み、垂れを作るその姿は、オズマーンの紋様にも似て美しい。

オズマーン近辺が紛争地帯となったのは、鷹臣が帰国して間もなくのことだった。日本政府は旅行や立ち入りを禁じ、駐在する邦人を帰国させる事態に至った。オズマーン王国も例外ではなく、鷹臣はイスハークと連絡を取る術を失った。

「それにしても、今日は天気がいい」

オズマーンを去ってから、八年の年月が流れた。

鷹臣はこの春から、都内某所にあるがんの専門病院に勤務している。院長に白羽の矢が立ったのを機に腰を据え、いまは後進を育てながら、全国から集まってくる患者を受け入れている。

同時に東京郊外に小さな一戸建ての家を買い、休日には庭弄りに趣味の料理と、気儘《きまま》な男のひとり暮らしを満喫中だ。

チェックの綿シャツにコットンパンツ、手には軍手と園芸鋏《えんげいばさみ》といういまの出で立ちからは、『手術室の鬼』と畏れられる姿をとても想像もできないだろう。

「こんな日は、庭でお茶を飲むに限る」

手を洗い、家の中に入ろうとしたときだった。

「綺麗な薔薇ですね」

ふいに垣根《かきね》越しに声を掛けられる。

その声を聞いた瞬間、鷹臣は駆け出した。アーチ状の門を開けるのももどかしく、表に飛び出す。

「イスハーク……！」

イスハークが、サングラスを外した。懐かしい色の瞳が、五月の陽光を受けてきらきらと輝きながら鷹臣をまっすぐ見つめる。

「お久しぶりです、鷹臣」

「……会いたかった」

まだ信じられないというように両手を広げ、抱き締める。

夢にまで見た恋人の体温、匂い。いつもの夢なら、抱き締める前に目が醒めてしまう。だから、目を閉じたまま訊ねた。

「本物、なんだな……？」

「ええ、本物です」

目の前にいるイスハークは見慣れたクーフィーヤもなく、髭も綺麗に剃った顔で、上質なスーツを身につけている。相手を包み込むような穏やかさと笑みは変わらないものの、さらに美しく、成熟した大人の男へと変貌していた。

「すみません。少し、遅くなってしまいました」

「事前に連絡くれたら、迎えに行ったのに」

「びっくりさせようと思って。サプライズです」

周囲を見回してもSPは連れておらず、ここへもタクシーを使ってひとりで来たらしい。

運転手はイスハークの正体を知らないまま、〝昔の恩人を訪ねてきた外国人〟を親切に送り届けてくれたようだ。鷹臣は慌てて身体を離し、イスハークのスーツケースを手にすると「とにかく、中へ」と庭に招き入れる。

「荷物はこれだけ？」

「はい。日本にはなんでもあると聞いたので」

「たしかに……でも、さすがにひとりで来日は危ないだろう」

「大丈夫ですよ。私はもう、王ではありません」

「……そう、だったな」

ナーセルが成人し、国王の座についたことはニュースなどで知っていた。

イスハークが退位した後、王族の一員として外交の活性化に努めていたことも。本来なら超特権階級として受け取れるはずの膨大な手当を断り、いまは実業家としての経済活動に専念し、多くのビジネスを展開していることも。

「それにしても、素敵なお家ですね」

庭先の白い椅子に腰掛け、イスハークが微笑んだ。テーブルを挟んで向かいに座りながら鷹臣が片目を瞑《つぶ》る。

「だろ。アルーシャル宮殿に比べたら馬小屋にも劣《おと》るかも知れないけど、俺が住むにはちょうどいいサイズなんだ」

「あ、知ってますよ。それ、ニホンジンのケンソンって言うんでしょう？」

「よくそんなことまで覚えてきたな」

顔を見合わせ、ひとしきり笑い合う。

不意に見つめ合い、イスハークがぽつりと呟いた。

「本当は、ここに来るのが怖かった——鷹臣はもう、私のことなど忘れたのではないかと」

「そうか？　俺は必ず再会できると信じていたけどな」

テーブルに置かれたイスハークの右手を持ち上げ、口接ける。

イスハークは、はにかむように視線を逸らした。

「ニュースでご存知かと思いますが、大きな紛争が起きてしまい、なかなか動けませんでした。ナーセルはまだ経験が浅く、即位後もしばらくは傍で見守っていてやりたかったのです。でも先日、やっと協定の目処がついたので、思い切って」

「それがサプライズの理由？」

イスハークの手を強く握る。いままで離れていた時間を取り戻したくて、触れた手を離したくなかった。何度も、指先や手の甲にキスをする。

「それで鷹臣、今度こそ、私の……ッ、レアイ？　になって、くれますか」

怖がるような声で訊ねられ、鷹臣は耐え切れず吹き出した。手を握ったまま、俯いて肩を震わせる。

「急になにを言い出すかと思ったら。連れ合いとはまた古風だな」

「そうなのですか？　日本語で求婚するために勉強したのですけど」

「次は、俺に言わせて欲しいと言ったのに」

「あ……」

最後の夜の会話を思い出したのか、イスハークは耳まで赤くなる。

せっかちなところも、少し隙のある性格も、変わらない。別れてから今日まで多大な苦労もあっただろうが、きっと同じくらい、充実した日々を過ごしてきたのだろう。人生を映し出すという男の顔は、年月を経てますます、美しい。

「俺と、一生をともにしてくれますか」

「もちろん」

照れ笑いを浮かべて頷いたイスハークは、ふと傍らの薔薇に目を止めた。赤と白の絞りの薔薇で、色の入り方はひとつひとつ違っている。

「この薔薇……とても綺麗、珍しいです」

席を立ち、薔薇の傍にかがんで頬を寄せる。微かな匂いを楽しむイスハークに、鷹臣も肩を並べた。

「その薔薇はイスハーク、あなたを想って育てたんだ」

「私を？」

鷹臣はポケットから鋏を取り出すと、大輪の花を咲かせる一枝を切り取る。そして片膝をつき、やや芝居がかった仕草で恭しく差し出した。受け取ったイスハークは戸惑うように、そっと小首を傾げる。

「覚えていますか、イスハーク。いつだったか、あなたが砂漠の薔薇をくださったこと」

「ええ、覚えていますよ。愛しい人」

イスハークが、遠い日を懐かしむように目を細める。

この薔薇の名は『アラベスク』。

強い香りを放っていた宮殿の花壇の薔薇と似たものを探していたときに出会った。色も形も違うけれど、アラビアの紋様を顕《あらわ》すその名に惹かれ、鷹臣は苗を庭に植えたのだ。

安否さえわからなくとも、無事を信じて。いつかこの腕にイスハークを抱き締める日を夢見ながら、想いが再び通じ合う日をずっと待ち続けてきた。

「俺が信じていたように、あなたも祈ってくれていたんだろう？」

鷹臣は立ち上がり、強くイスハークを抱き締める。イスハークもまたその背中に腕を回し、目蓋を閉じた。言葉に言い尽くせない思いが込み上げてくる。

「……ええ」

蕩けるように甘いはずの口接けに、涙の味が混じり込む。

雨の日も風の日も、この恋が叶うように、ずっと心の中で祈ってきた。

歳月を経て、いまその願いがようやく花開こうとしている。

「もう二度と、あなたを離さない」

——だから今度は俺が、あなたに薔薇を捧げよう。


(The end.)

あとがき

Splush文庫さんでは初めまして、砂床《さとこ》あいです。

おそらくは最初で最後の逆転アラブでございます。

「アラブの王様受（日本人攻）」という、BLではあまりだれもやらないジャンルに手を出すのであれば、いっそすべてを逆転させてやろうじゃないかと、王様は箱入り童貞！　初Hは和姦！　後宮に監禁されるのは攻！　媚薬を盛られるのも攻！　という逆転アラブBLが誕生しました。ラストのほうは絵面的な事情もあって鷹臣が神がかり的スーパードクターになってましたが、ふわふわ王との恋愛は書いていてとても楽しかったです。

執筆中はインフルエンザにかかったり、バックアップごとデータが飛んだりと、今年の初詣で引いたおみくじ「凶」を実証するかのようなトラブルに次々と見舞われましたが、どこか一部分でも楽しんでいただけましたら幸いです。


この本を出版するにあたり、お世話になった方々にお礼を申し上げます。

まずは、イラストをご担当くださいました北沢《きたざわ》きょう先生。美しい表紙と挿絵をありがとうございました。最初のほうは髭キャラなのでご苦労をおかけしたと思うのですが、本当に麗しいイスハークと鷹臣に仕立てていただき、本当に感謝しています。

そして担当S様、今回も多々ご迷惑をおかけしましてすみません。色々とアドバイスをありがとうございました。今後ともよろしくお願い致します。

そして、最後になりましたが、本作をお買い上げくださった読者様。

最後までお読みくださってありがとうございます。普通のアラブ花嫁ものを期待された読者様は（いないと思いますが）、もしいらっしゃったらごめんなさい。なかなか本が売れないいまのご時世、本作を出すのは大バクチだったと思うのですが、GOサインくださった出版社様及び担当編集さん、そして手に取ってくださった読者様には感謝の念に堪えません。

次作は少し期間が空きまして、来年年明け頃となる予定です。珍妙かつシリアスな変態を描く予定ですので、よろしければ是非、お手に取ってみてくださいね。

二〇一七年　風待月　砂床あい

参考文献

「ＰＨＰ研究所取材班編　福島孝徳　脳外科医　奇跡の指先」ＰＨＰ研究所
「ラストホープ　福島孝徳―「神の手」と呼ばれる世界ＴＯＰの脳外科医」　徳間書店
「新潮新書　アラブの大富豪」　前田高行　新潮社

Splush文庫

この本を読んでのご意見・ご感想をお待ちしております。

◆ あて先 ◆

〒101-0051
東京都千代田区神田神保町2-4-7 久月神田ビル7階
㈱イースト・プレス　Splush文庫編集部
砂床あい先生／北沢きょう先生

王様に告白したら求婚されました

2017年7月28日　第1刷発行

著　　者	砂床《さとこ》あい
イラスト	北沢《きたざわ》きょう
装　　丁	川谷デザイン
編　　集	藤川めぐみ
発 行 人	安本千恵子
発 行 所	株式会社イースト・プレス 〒101-0051 東京都千代田区神田神保町2-4-7 久月神田ビル TEL 03-5213-4700　FAX 03-5213-4701
印 刷 所	中央精版印刷株式会社

ISBN 978-4-7816-8609-7
定価はカバーに表示してあります。

Splush文庫の本

たけちゃんはぼくの勇者です！

母親の再婚に動揺したユキは、家を飛び出し四年前まで住んでいたあかね町へ帰郷する。久しぶりの再会だというのにそっけない態度の七尾だが、日に焼けて逞しく成長したその姿に淡い気持ちが蘇る。
しかし過去のトラウマからお互いに踏み出せず、ぎこちない時間が過ぎていき――。

『ぼくだけの強面ヒーロー！』山田夢猫

イラスト 旭炬

Splush文庫の本

『淫獣 ～媚薬を宿す人魚～』中原一也

イラスト 小山田あみ